U0894699

带刺的玫瑰

于艾香 著

東文藝出版社

图书在版编目（CIP）数据

带刺的玫瑰/于艾香著．—济南：山东文艺出版社，2004.2
（独角兽丛书）
ISBN 7－5329－2236－7

Ⅰ．带…　Ⅱ．于…　Ⅲ．长篇小说－中国－当代
Ⅳ．I247.5

中国版本图书馆 CIP 数据核字（2003）第 081933 号

主管部门　山东出版集团
集团网址　www.sdpress.com.cn
出版发行　山东文艺出版社
电子邮箱　sdwy@sdpress.com.cn
地　　址　济南经九路胜利大街 39 号
印　　刷　山东新华印刷厂德州厂
版　　次　2004 年 2 月第 1 版
2004 年 3 月第 2 次印刷
规　　格　开本/880×1230 毫米　1/32
印张/6.25　插页/2　千字/117
印　　数　5001－8000
定　　价　13.90 元

DuJiaoShou

带刺的玫瑰

1

0-1

1

美貌能杀人吗

尉萌萌作为一个女孩子，最叫人不安的地方，就是长得太漂亮了。有一种漂亮，总叫人心惊，不安。所以，很多时候，一个女人，长得太美，并不是一件好事。尉萌萌就属于这样的女孩。无论她走到哪里，都会引来异样的目光。当然，尉萌萌自己好像并没有什么特别的感觉，就算有人当面夸她的美貌，她也从来不为之所动。也可能是她从小就经常听到这样的赞美，所以习以为常了。尉萌萌从不为自己的美所累——也就是说，她从不觉着自己与别的女孩有什么不同的地方，也从不为别人惊羡的目光感染。她仿佛天生就具备某种抵抗“美貌”带来的负面心理。我们经常从生活中看到一些女人，长得并不十分美，可自我感觉美得惊人，自恋得可怕，仿佛全世界的目光都在盯着自己的美貌，于是，这并不美的“美貌”带给自己的负累胜过千斤。周围的人也会对这样并不美的“美女”发出议论：她这样累不累呀，就连我们看着的人都觉着累。

尉萌萌是从不会给人这样的感觉的。她对自己的美好像浑然不觉。或者说，从来不去自我意识。在人们的眼里，她永远都是忘掉了自己的美。美貌没给她带来一点负担。她和所有普通的女孩一样，该怎样生活就怎样生活。只是，普通女孩在镜子面前遗憾爹妈没给自己一副美貌时的怅然眼神，她从来没有。好像美之于她是非常自然的一件事，既用不着自己为之操心，又用不着自己为之骄傲。有人据此判断尉萌萌是天生的美女——真正的美女。是上天的安排，是自然的选择。看看她的心从不为自己的美所动这一点，就能把那些后天修饰出来的美女比得无地自容。

当然，尉萌萌从来不会去和别人比美的。而别的女人也更不会和尉萌萌比美。生活中那些太多的修饰出来的“美女”，每逢遇见尉萌萌，就会主动地避开“美”这个话题，而宁愿谈论厨房、家具、男人。在尉萌萌的光艳照耀下，这些修饰出来的“美女”就显出了苍白、做作，不那么有底气。在真正的美女面前，那些人工的美女就都不自觉地收敛了自己。

于是，尉萌萌无论走到哪里，都对那些一心想张扬自己美的女人构成了压抑。虽然这并不是尉萌萌的本意，可客观事实就是如此。所以，一般的美女都不爱和尉萌萌站在一起。她们总是对尉萌萌敬而远之，所谓保持距离吧。只有那些从小就认定了自己丑的女人，而且又并不为这丑所伤心的女人能够勇敢地和尉萌萌在一起，甘于给她当陪衬。因此，尉萌萌身边都是些丑女，而且是不怕丑的丑女。

像尉萌萌这样的美女，未来会是怎样的呢？一些好事的人经常会发出这样的感慨，红颜薄命，这样惊人的相貌不一定是好事呢。

的确，尉萌萌叫人不放心。一些有社会经验的人就说，尉萌萌长了一双能淹死男人的大眼睛。她不定得害多少男人呢。美貌杀人。不信你们走着瞧。

对于美女，就算你是一个最不好事的人，你也忍不住要多看她几眼，内心翻起几朵涟漪，无端地对她生出一些猜测。也许这正是一个美女无法善终的原因。

而尉萌萌的家庭深知这一切。父母的操心一向是理所当然的。看看尉萌萌的父母，就知道生一个美女，父母有多么累。世上的父母都盼着自己的女儿漂亮，自己的儿子有出息，可假如你真生了一个漂亮的女儿，你的操心就不是常人能够想像的。当然，倘是一个比较漂亮的女儿，还好说。毕竟是“比较而言”，而不是人人惊叹的漂亮、美丽。我们看看尉萌萌的父母，就对自己深觉庆幸——亏得自己没有生那么漂亮的女儿，否则，这烦恼人生不知还要平添多少的劳累。

就算尉萌萌的父母再操劳，尉萌萌还是躲不过去“美貌杀人”这一结论。就连尉萌萌的父母都困惑了：美貌真的能杀人吗？

现在，我们再具体瞧瞧尉萌萌的父母为这个漂亮的女儿所用的苦心，就不由得对这一对做父母的人心生可怜同情。

尉萌萌到了一定的年龄，就被家人视为危险期。她身上仿佛有一种不安全的因素，使身边的亲人不得不时时为她操着心。尉萌萌十八岁的时候，每逢出门，身边都得有一个陪伴，不是她自己要人陪伴，而是爸妈不放心，只有跟上一个陪伴，爸妈那心才能放下一些。要想让心全放下，那得尉萌萌从外面回来。当然，尉萌萌出门时，大多都是爸爸和她一起，有时是哥哥和她一起（那都是爸爸有什么急事时，哥哥代替）。可以说，尉萌萌从十八岁以后，从来没有自己出去过。她曾经也想过自己出去，不用别人陪伴，但是，都被爸爸妈妈坚决的话语给顶回去了。爸爸妈妈总是对她说，女孩子自己出去，不安全。尤其是现在这个社会，外边什么事都可能发生，你一个人出去，太招人眼了。我们放心不下。与其让我们的心老是提提着，悬悬着，倒不如让你爸爸和你一起，那样，我们也省点心。说这些话时，妈妈的眼神总是那么关切地看着尉萌萌，这关切中还透着一种说不出的焦虑。

所以，尉萌萌每每就打消了自己的主意。时间长了，她也就习惯了。仿佛爸爸或者哥哥陪她出去，是很自然的一件事儿。再说，有个人陪着，确实也挺好的。不仅有安全感，而且还不寂寞。一路上，总是有说话的人，不管是办什么事，还是出去玩，身边总是有个人，能免去很多的惊慌。

我们看看尉萌萌简单的经历，不禁发现就连尉萌萌上的一所普通高校都是在自己的家门口。用她母亲的话说，选择自己家门口的这所学校让尉萌萌报考，也是经过考虑的。因为这里离家百步之遥，连午饭都可以回家吃。我们也就放心多了。女孩子大了以后，事事都得父母操心，也是没有办法。

的确，尉萌萌父母的原则，一向是女儿离家越近越好，那样可以免除他们许多的牵挂和忧心。

也许，用开放的眼光看，尉萌萌的父母对女儿的态度有些封闭。不过，造成这封闭的深层原因，却是令人困惑的。因为尉萌萌的父母在社会上，都是挺开明的人，两个人都在一个不错的工作单位上班，人缘也挺好。可就是对女儿，老是放心不下。他们一儿一女，不用说，对儿子，他们从来没有限制过他的活动。惟独面对尉萌萌，他们怎样说服自己，也无法放心。是不是尉萌萌身上的确有一种危险的东西，触动了他们的某种潜意识，使他们那颗做父母的心总是悬着？他们也知道，孩子大了，不应该总是陪着了，然而，他们却做不到不陪。因为不陪，他们的心就会令他们难受，他们在家里就会坐立不安，他们总是不由自主地就要去陪她。

尉萌萌大学毕业后上班的单位，离家并不太远，但是，上下班都是爸爸和她一路。其实，爸爸上班的单位并不和她一路的，只是爸爸为了陪她，才这么有意绕圈和她一起的。如果爸爸没有和她一起，那一定是哥哥和她一起。有时，轮班轮到爸爸休息了，爸爸都是特意去接她去送她的。正像现在的许多家长接幼儿园的孩子。

随着时间的流失，有人不时地给尉萌萌介绍对象了，也有人不时地来批评尉萌萌的父母了。当然，来介绍对象的，没有一个成功的。因为尉萌萌往往和人家一见面（都是在尉萌萌家里见面的），就看不中人家。这种一次性的否决，倒也利索，用不着家里担心纠缠什么的。而来批评尉萌萌父母的（这些人都是尉萌萌父母的朋友），也恰和这介绍对象有关。大家的批评十分尖锐：尉萌萌已经是个大姑娘了，应该有自己的生活了，不能老是这样跟着她了；老这样跟着她，谁还能和她谈恋爱，且不说别人怎么看，就是尉萌萌自己，也会有毛病的。她会谁都看不上的，因为家里对她这样百般呵护，哪个男人她也不会看上眼的。她对家里的依赖已经超过了她对男人的渴望，或者说这种依赖已经压抑了她对男人的渴望，这妨碍她的个人成长。

还有的人对她爸讲，如果尉萌萌继续下去，就算将来她看上了哪个男人，男人恐怕也不会看上她的。男人一时看上了她（因为尉萌萌很漂亮），和她相处一段时间后，也会和她分手的。事情就是这么简单，尉萌萌没有学会独立。

我们说过，尉萌萌的父母都是非常开明的人。朋友们给他们的这些尖锐批评，他们都诚心接受。其实，朋友们没有这样批评时，他们夫妻二人私下也这样嘀咕了。只是，行动起来，他们就有困难。他们着实放心不下。有时，他们看着尉萌萌鲜艳漂亮的面貌，亭亭玉立的身材，他们就纳闷：为什么别的漂亮女孩，都能一个人在外面闯荡，父母也放心；惟独他们的女儿，这样令他们不放心？他们的心好像整天都在尉萌萌身上，他们老是担心她会出事。这是怎么啦？

从理性上说起来，尉萌萌并不是一个让人不放心的姑娘。她是一个非常安静的女孩，从来没有那些疯疯癫癫的举动，从小到大，也比较听父母的话。用父母的话说，她从来没惹父母生过气。这样的一个女孩子，有什么让人不放心的呢？可是，尉萌萌的父母就是无法放心。

于是，尉萌萌的父母开始了一种内心的搏斗。他们决心和他们的"不放心"作斗争。夫妻二人每逢夜晚就开始讨论怎样开始这第一步。他们要让尉萌萌获得成长，他们要让尉萌萌一个人在大街小巷行走。他们不想再继续陪伴尉萌萌。

他们知道，只要他们走出了这第一步，以后一切都就好说了。可是，偏偏这第一步非常难走。他们陪尉萌萌也这么多年了，一下子不陪了，且不说尉萌萌，就连他们自己都觉着有些不可思议。就像长久形成的一种习惯，想突然放弃，实非易事。而且，最主要的，一想到不陪尉萌萌了，他们内心就有一种恐惧。夫妻二人常常眼对眼地叙说这种恐惧感受。妻说，一想到萌萌自己一个人在外面，就好像感觉她永远回不来了似的，我内心那个慌恐真是无以言表；夫说，可不是，就像永别。真是心痛。

因此，在这种情况下，他们夫妻几次下决心，让萌萌一个人走，而到最后时刻，这决心又被行为否决。父亲总是不由自主地和她一起。尉萌萌知道她的父母为陪她一事，整日左右为难，就对父亲说，你不用和我一起了，我自己行。嘴里虽是这么说的，可是她心里好像也希望父亲陪她似的，因为当父亲推出自行车要和她一起时，她就不再说什么了。

她总是甜甜地对父亲一笑，然后向母亲招招手，骑上自行车，就走了。父亲就在她身后上车，和她并排着。

看上去，也真是挺美好的。

马路上，人们经常能够看到这样的一对父女（当然，许多人可能并不认为他们是父女），父亲正当壮年，风度翩翩；女儿正值青春，花蕾绽放。两个人总是又说又笑，没有一点矫揉造作，是那么天然，那么和谐。经常有行人向他们驻足，投给他们羡慕的眼神。有些认为他们是老少恋者，就更是凝视着他们不放松，不由自主地就会联想到男女之间的许多事情。

日复一日，父亲都是在这条路上，等她，陪她。这条马路，是属于他们父女俩的。有时，连尉萌萌自己都觉得，如果这条马路少了父亲，仿佛就不对劲似的。尉萌萌自己也曾想过，爸爸老是这样接送她，是不是对她的成长不利？和别的同龄女性相比，她是不是有更多的依赖，更多的心理不健康？每当她这样问自己时，内心好像就有一种声音在否定，那就是

“不，不，不”。的确，她似乎真的需要父亲陪她，每逢想起父亲有一天会不再陪她，她真的有一种恐慌，一种不能遏止的恐慌。她自己也说不清这是为什么，她只是感到，一个人有一个人的特点，一个人有一个人的弱点，上帝造出来的每一个人都是不一样的。正像《圣经》记载的参孙，他的全部力量的秘密，在于他的头发。因此，上帝显灵在他还未出世时就告诉他的母亲，不可用剃头刀剃他的头。因为若用剃刀剃了他的头发，力量就离开了他，他便软弱得像别人一样。尉萌萌每每审视自己的内心，内心仿佛就有一个神在告诉她，在这条熟悉的马路上，她需要她的父亲。每个人都有自己的秘密，别人不能知道更不会理解的秘密，所以，每个人在一个特定的时刻，都不能用常理去要求他，用常理去要求他，就是错误的。

尉萌萌也深知，爸爸妈妈身边的人，都劝说爸妈不要再这样接送她了，因为以常理看，她不应该需要接送。爸爸妈妈对此心里也很矛盾：不送她，他们心里放不下，很恐慌；送她，又怕影响她的生活，妨碍她的成长。他们自然左右为难。其实，尉萌萌心里也很矛盾，如果她同意爸爸接送，别人就要说她依赖性强；如果她不同意爸爸送，她心里又很恐慌。同样是左右为难。她只好嘴上劝说着爸爸不要再送她了，行为上却对爸爸的接送没有任何阻拦。

生活不是以常理认定的那样发展。

只是，一旦背离了常理，不仅是别人，就连自己都觉着不对劲。每天在心里自己和自己闹别扭。

尉萌萌的父母几次下决心让尉萌萌自己走，勇敢地迈出这第一步，可每一次都在最后一刻，改变心意，还是送了女儿。这时，他们嘴上总是说，这是最后一次。下一次再让她自己去。然而，这个“最后一次”，一直没有成为真正的最后一次。

促使父母真正要实践“最后一次”这个说法的，是尉萌萌的生活中出现了一个男人。这个男人是尉萌萌的爸爸的朋友给尉萌萌介绍的，尉萌萌一见之下，就和前几次见到的男人感觉不一样。用我们现在通俗的话说，就是有些“一见钟情”。而这个男人呢，对尉萌萌也是如此。两个人可以说心有灵犀。这样一拍即合的事儿，真是令尉萌萌的父母高兴极了。随着女儿年龄的增大，父母对她的恋爱问题心里没少犯“嘀咕”，这一次终于遇上了意中人，做父母的心情可想而知。

尉萌萌就和这个男人交往了起来。一开始，一切都是那么顺利，两个人约会频繁，尉萌萌脸上总是漾着幸福的微笑。比以往更加美丽惊人了。凡是尉萌萌和男朋友约会时，自然爸爸就不会跟着她。然而，一旦尉萌萌上下班，或要外出有什么事，她爸爸还是要和她一起。这些和以往一样，没有改变。

渐渐的，尉萌萌的男朋友就发现了这个情况。男朋友就说，这么大的人了，上下班不应该让家人接送了，让人看上去，像接送幼儿园的小朋友似的，这样不好。尉萌萌承认男朋友说得有道理。尉萌萌的父母也承认未来的女婿说得有道理。可是，接送尉萌萌，在这个家里，已经是一个传统的节目了，不是不想中断，只是几次中断，都没有成功。既然未来的女婿再一次提出了这个问题，父母不能不严肃对待。

而且尉萌萌的男朋友还说，尉萌萌这样，也显得太娇气了，这样的娇

气，怎么面对未来的风雨。人生就是个锻炼的过程，连自己外出都不敢，在以后的生活中，遇上了别的事儿，那还怎么承担。

男朋友在和尉萌萌单独相处时，对自己的这些想法进行了详细的阐述。很明显，他想改造尉萌萌。他觉得，尉萌萌这样是不健全的，他要将尉萌萌健全起来。看得出来，他极爱尉萌萌，正由于极爱，他想按照自己的思路，来使尉萌萌真正成长起来。对于尉萌萌现在的这个样子，他只有在心里怪尉萌萌的父母，多么好的一个女儿，让他们给带得不健康了，有心理依赖了。这就叫做父母不懂得怎样才是真正地爱孩子。把一棵美丽的小树给扭弯了。

当然，面上他不能这样直说。他只是一再地给尉萌萌讲一个人怎样才能使自己的心灵不断地成长，一个人年岁上看是长大了，但不一定心灵就能随之长大，心灵可能还停留在儿童期，而且不愿面对成长的苦恼，这是一种障碍。一个想成长的人必须克服这种障碍。每一次的克服，都是一次人生的胜利。其实，人生，也就是一个不断地克服障碍的过程。对于他说的这些，尉萌萌总是睁着一双美丽的大眼，听得非常认真。她觉得，从来没有一个人能像自己的男朋友这样，从灵魂里关心她。而且，男朋友的这些话，在她心里产生了很大的反响。男朋友的话里经常有“成长”这个词，这给她留下了很深的印象。在生活中，一个成年人，很少有谈论“心灵成长”这件事，仿佛“成长”只是面对着少年人，面对着小孩子，大人哪里还用得着“成长”。所以，她本能地觉着自己的男朋友很不凡，她的感情也在无形当中向男朋友这方面倾斜。

在夜里，睡不着时，尉萌萌想着男朋友的这些话，越想越觉着深刻。她回忆着这几年来，爸爸和哥哥一直陪着她外出的一些情景，心里第一次真正地感到了一种难为情。她就像温室里的一朵花，无法经受风吹雨淋。也许，这真是人为造成的呢。不过，她为什么对外边的世界总是不敢独自一个人去面对呢，真的，她每每想起黑夜里，一个人骑车在马路上，心里就不由得恐慌。

人和人能是一样的吗？

不过，尉萌萌喜欢男朋友开导她。听着男朋友的开导，她的心仿佛就在向着外界开放。向着一个她不熟悉的神秘的地方开放。那是一个什么地方呢？

男朋友每一次和她谈话，最后结束时，总是鼓励她，放开胆子，没事。真的没有什么可怕的，一个人在这个世界上闯荡，是挺好的一件事，挺有意思的。人本来就该是这样的，行走在天地间，坦坦荡荡。你一定要恢复你的本来。

男朋友的鼓励，总是长时间地在尉萌萌的心里激荡。

我的本来是什么？尉萌萌问自己。在天地间行走，坦坦荡荡的一个人，没有恐惧，没有不适应，用男朋友的话说，人本来和天地和自然和宇宙就是和谐统一的，时时用人接送，那不是太不自然了吗？

道理她是全都懂得，可是，一联系到实际，她的心就有些紧缩。每个人都面临着一些实际的情况，而这些实际的情况恰恰不是道理能够解决的。

尉萌萌的父母也在为尉萌萌的接送问题，进行秘密商量。父母认为，

一定要对尉萌萌撒手了，因为尉萌萌是这样钟情眼下的这位男朋友，而男朋友又是那样反对父母接送，并且这种反对也是很正确的。如果继续接送，使得男朋友有了一些不好的想法，以致于离开了尉萌萌，那可就麻烦了。能让尉萌萌看上一个人不容易，一旦男朋友离开了她，她不知能出现什么情况呢。不但尉萌萌承受不了，就是父母也承受不了。那时，父母会自责一辈子的。趁着现在尉萌萌和男朋友还正热恋着，尉萌萌自己心里也有了自己的精神支柱了，尉萌萌的上下班路程就让她自己独来独往吧。

不管怎样，尉萌萌有自己的男朋友了，父母心里就好像有了底。

尉萌萌的父母经过秘密商量，决定最后再接送尉萌萌一个星期，这一次，是真正最后一个星期了。

而且，当父母下了这最后的决心，心里好像并不像上几次那样，一阵一阵地恐慌。他们知道，这都是由于尉萌萌有了男朋友。男朋友的到来，从某种意义上说，解放了尉萌萌的父母。就像跑接力赛一样，他们这一棒是跑完了，他们要把这棒交出去，由尉萌萌的男朋友来跑了。

父母商量妥了后，有一次把尉萌萌叫到了他们屋里。告诉尉萌萌，以后，你就自己上下班吧。自己觉得行不行？

尉萌萌说，行。说完这个字，她便不再多说什么。

父亲不放心地看着她，问，接送了这几年，养成了习惯，猛一改变，心里是不是不踏实？

尉萌萌说，我也想了好多，有心理准备，也没什么不踏实的。

母亲便说，这样就好。你心里踏实，我们也就放心了。

父亲说，你以后要结婚，要做母亲，早晚也是要独立的。

尉萌萌大方地说，就是。他还跟我谈起过结婚的事情呢。

父母都知道尉萌萌嘴里的“他”是谁。因此，心里都很欣慰。于是，他们就和尉萌萌谈了一些有关结婚的闲言碎语。谈得很兴奋，有关不再接送尉萌萌一事，和结婚相比，好像已不成其为什么事了似的，他们都有些淡忘了。

尉萌萌再和男朋友见面时，她就告诉男朋友，以后她自己上下班，以后再也不用爸爸接送了。尉萌萌的单位虽说离家不是特别的远，但尉萌萌骑车子都得骑半小时以上。在这样的一个初冬时节，夜长天短，下了班，天就黑了。如果单位再有点什么事耽搁了，天就黑得更厉害了。男朋友问她，突然自己走，心里害不害怕?尉萌萌说，反正早晚得有这一步，谁让我遇上了你。为了你，我什么都能干，想想这些，我也就不害怕了。

男朋友很感动。他握着尉萌萌的手，说，你行，你一定行的。有了这第一步，你就知道，自己走，其实很自由的。

尉萌萌说，如果不是你，可能我真的做不到。看上去，这个事很简单，不就是自己上下班吗，可是，没有你，我就做不到。

男朋友说，然而，上帝让我们相遇。

尉萌萌就把头伏在了男友的胸前。

这一晚，两个人玩到很晚。尉萌萌是在男友的房间里玩的，所以，她格外体会出了一个女人和一个男人单独在一起的滋味。她心里不由得就涌起了一种对未来的畅想。这就更加坚定了她要独自闯社会的决心，她是一个独立的人，一个完整的人，正像男朋友说的，她要一个人在天地间行走。

走时，男友去送她，她差一点就说出了“我自己走”的话。但是，话到嘴边，她没有说出来。男友把她送回了家。

这一天，爸爸妈妈不知叮咛了多少遍，自己走，路上一定要小心。特别是，在半路上，有一片玉米地，秋玉米有一人高，在这快收拾又没收拾的时刻，常有坏人出没，郊区的农民也时常在那儿光顾。那一段路一定要小心。爸爸又特别对她说，车子骑到那个地方，要快一些，别害怕，若无其事的样子。就算有什么行为不端的人，见你若无其事，他也不敢有什么想法。

尉萌萌只是一个劲地点头。最后要爸爸妈妈放心。

不用说，男朋友早就来了电话，在电话上对她嘱咐了一番。

早晨走时，是爸爸和她一块走的，因为爸爸也要上班，执意要拐弯最后一次和她一道。一路上，爸爸又嘱咐了她好多。在尉萌萌的单位门口，爸爸和她分了手。尉萌萌高兴地进了单位大门。

中午，妈妈就把电话打到了尉萌萌的办公室。因为尉萌萌中午都是在单位吃饭，妈妈是想凑这个机会，再给她说两句。

这一天，对尉萌萌像是有什么重大的事情似的。她自己心里始终有一种说不出的感觉。一直到晚上下班，这种感觉都没有消失。下班前，妈妈又来了一个电话，又是叮嘱了一番。爸爸从单位也来了电话，除了叮嘱，又告诉她，他在单位有点事，可能要回去晚一些，要她自己一定要多小心。

尉萌萌刚刚和爸爸通完电话，她的男朋友又来了电话。这时，同办公室的人都纷纷走了。办公室里只剩下了她，她举着电话，见办公室里只有她自己，她就想和男朋友多说两句。于是，就在电话里和男朋友亲昵了起来。男朋友在那边提醒她，时间不早了，快回家吧。并且嘱咐她，回家后，一定再给他来个电话。她甜甜地答应了。

尉萌萌现在终于拿起了小包，离开了办公室。当她骑上自行车，在马路上前进时，人们可以看出，她脸上有着一种说不出的愉悦与自得。

我们再看她的妈妈。她的妈妈从她下班的时间开始，就坐在沙发上等她。她简直是一分钟一分钟地等。按常规，尉萌萌从单位到家一般是半个多小时。她妈妈等啊等啊，好不容易等了半个多小时，也就是说，她应该到家的时间了。然而，却没有敲门声。她妈妈就自己打开了大门向外边看，没有她的人影。她妈妈走来走去，心神不安，好像她真的发生了什么事似的。她妈妈一直坚持说服着自己，才坚持又等了十分钟，她还没有回来。她妈妈实在没法这样煎熬自己了，就给她爸爸打电话。告诉她爸，她没有回来。她爸爸接了她妈的电话后，立即将手边的事交待给了别人，往回赶。当然，她爸没有走回家的路，而是拐着弯去了尉萌萌回家的路。一路察看，当走到那片秋玉米地时，她爸爸见有一处挤了一堆人。她爸爸心里咯噔一下，狂奔上去。拨开人群，她爸爸听人说，有人向公安局报案，说一个美女在这里遭到了一个男人的袭击。目击者称，那男人手里有刀，因此没人敢上去相助。那男人就把美女劫走了……

家里的悲痛之情自不待言。

令公安人员百思不解的是，袭击者为的是什么，或者说，这劫匪有什么动机。因为尉萌萌身上没有带钱，这就去除了谋财害命一说。据目击者说，袭击者也没有扒美女的衣服，看上去不像是强奸。只是把美女拖上车拉走了。那到底为什么呢？

这简直成了一个谜。

尉萌萌的父母把泪都哭干了之后，得出了这样一个结论：女儿总是不愿一个人走，就是因为她命里有这一天，而他们总是恐惧女儿一个人出门，也是因为未来的这一天一直在无意识中干扰着他们。他们本来就不该让女儿一个人走。那么，是什么东西使他们违背了无意识对他们的提醒，非要让女儿一个人走呢？

尉萌萌的男朋友低下了头……

人的许多情绪偏向都不是无缘无故的，尉萌萌的父母不能明白，他们为什么不能相信自己的情绪给自己的暗示，反而去相信别人的那些大道理呢？

他们无法不自责，他们为什么不去好好地研究研究自己的意识，反而用公众的言论将自己的意识打倒呢？

然而这一切都不管用了。女儿是永远地去了。

一周以后，公安机关才从一个案犯的口中得到这样一个信息：一个毒贩子把尉萌萌误以为是他一直爱着而总是遭到拒绝的另一个女毒贩子，因为尉萌萌和那个美丽的女毒贩子很像……

公安人员拿出那个女毒犯的照片，给尉萌萌的父母看。她们俩长得并不像啊，尉萌萌的父母很惊讶。尉萌萌的父母看到，女毒犯在绿草地上，歪着头，对着太阳。一点也不像自己的女儿，或者说，长相比自己的女儿差得太远了。这个男毒犯怎么会认错人了呢？

尉萌萌的男朋友却想，并不是认错人了。这个男毒犯是有意拐走了尉萌萌。因为尉萌萌的美。

如果事情到此为止，人们也许不会说尉萌萌美貌杀人了。人们会对尉萌萌的父母无限同情，并经常去安慰二人。怪就怪在事情的结局出乎所有人的想像。

尉萌萌的男朋友由于痴爱，一定要去找尉萌萌，不找到尉萌萌誓不罢休。活要见人，死要见尸。他身边的亲人无论怎么劝说，都不起作用。连尉萌萌的父母都劝他，已经这样了，盲目地四处找，也不会有效果。千万别做这鲁莽事。可尉萌萌的男朋友听不进任何人的话，他起程了。

半个月后，前后不过三天，传回来两个消息：一个是尉萌萌的男朋友死了，死于车祸；另一个是那个拐走尉萌萌的男毒犯死了，死于和尉萌萌一起奔命途中。他是猝死的。尉萌萌安然无恙。

因为尉萌萌，一下子死了两个英俊的小伙子（据说那个男毒犯很英俊），人们在唏嘘感叹之余，议论起了"美貌杀人"这个话题。都是因为尉萌萌的美貌，这两个年轻人才死了。当然那个毒犯死得好，可尉萌萌的男朋友就死得不好了。

还有人说，那个男毒犯开着车在高速路上狂奔时，眼睛不时地瞟着身边的尉萌萌，瞟着瞟着，他突然死了。尉萌萌的父母问起尉萌萌这件事时，尉萌萌的回答是肯定的。美貌真的能杀人吗？这让谁能相信！

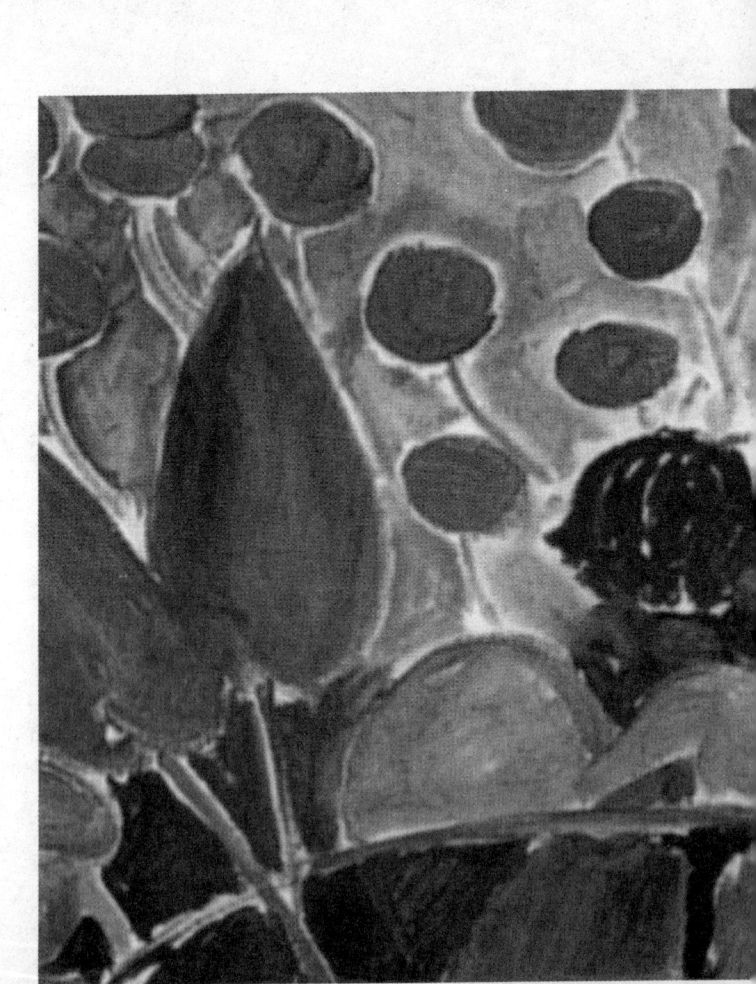

2

男人在乎女人的哪一处

尉萌萌的父母百般地保护着尉萌萌，也百般地担心着尉萌萌。因为他们不知道最终尉萌萌会和哪个男人生活在一起，或者说，命运会把尉萌萌交给哪一个人。他们自尉萌萌从死神手里逃生回来后，就常常忧心地互相对望着，不知该把手中的保护棒交给未来的谁。况且又有“美貌杀人”这一说法，这更让他们不安。

属于尉萌萌的那个男人现在正走在大街上，现在他不认识尉萌萌，尉萌萌也不认识他。他们各自在不同的轨道上朝着那个相交点前行。在他和尉萌萌相遇前，他的路途中还有几个女人分别在不同的站点等着他，拦着他。这就像火车呼啸前行，一路经过许多的站点。虽然这些站点都不是终点站，但都是通往终点站所必经的。

眼下，属于尉萌萌的这个男人正为他人生站点上的第一个女人而焦心。他没法不焦心。他人生站点上的第一个女人为什么长了这样的一个鼻子呢？如果他知道终点站上等他的是一个美女，也许他的焦虑会缓解许多。可是，他怎么会知道呢？

他叫季怀谷。若是现在你问他，男人最在乎女人身上的哪一处？他一定会说，是鼻子。

季怀谷不能容忍那个女人的鼻子。越是不能容忍，这鼻子便越是在

他的脑中闪现。像是有意要骚扰他似的。

季怀谷和钟美芬第一次相见，就觉着她的鼻子太刺激人了。他看了一眼之后，便再也不敢多看。他只是看着钟美芬的脖子说话，偶尔也将眼睛上移到钟美芬的嘴巴处，仿佛钟美芬的嘴巴是个警戒线，他的眼睛不能越过这道警戒线。钟美芬的鼻子和一般的鼻子相比，塌一些，鼻梁很矮，或者说，没有鼻梁。鼻孔看上去显得宽了一些，不像一般的鼻孔，总能看出一个圆来。除了鼻子，钟美芬的其他部位长得都很正常，那小巧的嘴巴甚至还有些俏。就为了这个鼻子，季怀谷私下里给当时介绍他们认识的人说，他不想再见钟美芬了，他受不了她的鼻子。介绍人说，钟美芬的鼻子不就是矮一点吗，其实也没什么。季怀谷只是摇头。介绍人说，你不想再见，就算了，随你便。

后来，是季怀谷主动又给钟美芬打了电话，约她出来。为这一次的约会，季怀谷想了三夜。季怀谷想到钟美芬她爸爸的公司工作，尽管钟美芬的鼻子使他难受，但她爸爸的公司对季怀谷很有吸引力。季怀谷苦思了三夜得出的结论是这样的：人不能为了一个女人的鼻子而丢掉了自己的前程，一个鼻子毕竟只是一个鼻子，和一个人的生存相比，微不足道。生存是一个很大的课题，鼻子是一个太小太小的课题，甚至算不上一个课题，不就是矮一点吗，只要你精神上能够超越这个矮一点，矮一点也就不是个什么事了。或者说，矮也就不矮了。

季怀谷和钟美芬交往了起来。每一次相见，季怀谷都不看钟美芬的鼻子，他的视线始终停留在她的嘴巴处，坚决不上移。而且，他和钟美芬大多是晚上约会，在朦胧的灯光下，钟美芬整个人也显得朦胧起来，许多部位本来就看不清晰，那矮一点的鼻子就更不扎他的眼。在月光下，钟美芬那小巧的嘴巴总能吐出一些令他心动的言词。一次又一次的月下相会，使他觉得他很喜欢钟美芬了。

而且，在和钟美芬交往这一阶段，季怀谷连别人的鼻子也很少注意了。无论和谁交往，他都不看别人的鼻子。以前，季怀谷是个十分注意鼻子的人，甚至可以说，对鼻子有一种特别的审美兴趣。他和人打交道，总爱看着人家的鼻子说话，那些高高隆起的鼻梁、挺拔的鼻头，那鼻翼微微的抽动，都在他的视线里生动地展现着，令他的视线无暇旁顾。可自从和钟美芬交往后，不仅钟美芬的嘴巴以上成了他的警戒线，其他人的嘴巴以上仿佛也成了他的警戒线。他居然能不看别人的鼻子说话了。

季怀谷本人的鼻子可以说长得无可挑剔。那高高的鼻梁勾勒出鼻子的线条非常优美清晰，鼻头饱满而又富于感觉，令人浮想联翩。季怀谷上大学时就常常对自己同屋的人谈论鼻子，他的高见是，最好的鼻子必须让人浮想联翩。可以说，他自己的鼻子就做到了这一点。

可是，他和钟美芬约会三个月以后，他好像忘记了他以前对鼻子的所有关注。他不再看别人和自己的鼻子了。他每逢站在镜子前，再也不像往昔那样，不自觉地就端详自己的鼻子，而是目光散淡地在镜子前瞅上自己一眼，便匆匆离开了镜子；似乎有什么急事要办，他马上走到窗前或别的什么地方，闲站着。那一阵，他正想着要换工作。钟美芬爸爸的公司是他的目标。

他如愿以偿了。三个月以后，他不仅忘掉了对鼻子的关注，而且去了他多久以来就想去的钟美芬爸爸的公司工作，成了钟美芬爸爸手下的一名职员。

这时候，他与钟美芬的恋爱也进行到了高潮。

他所有的业余时间差不多都是和钟美芬一起度过的。他吻着钟美芬小巧的嘴巴，心里想，其实，女人的嘴巴是最要紧的，并且他还想起了所有在书上看到的对女人嘴巴的描述。女人的嘴是女人最具魅力的地方，一个女人没有一张好看的嘴，这个女人的形象就算是被糟踏了一半。这是他新近从哪一本小说里看到的。以前，他对除了鼻子以外的一切器官的论说，不仅不感兴趣，而且觉得是无稽之谈。现在，他完全变了，除了鼻子，他对人体的一切器官都睁开了眼睛，觉着它们都意味无穷。对不起，只有对鼻子，他闭上了眼睛。

他经常对钟美芬说的一句话是，你的嘴真是太有魅力了，女人有了这样一张嘴，可以说一切都全了。

这样的话听得多了，钟美芬的耳朵里便听出了老茧。钟美芬对他说，你老是谈嘴，你就不能谈点别的吗？说着钟美芬就撅起了嘴。

他看着这撅起的嘴，说，你这嘴撅起来多好看。

钟美芬说，听听，又是嘴，除了嘴，没别的话。

在钟美芬的意识里，季怀谷就爱嘴，在人体所有器官里，季怀谷就对嘴感兴趣。因为钟美芬从来没听他说起过嘴以外的别的器官，更不用说到鼻子。钟美芬分明记得，她有一次曾经说到自己鼻子长得不好看，季怀谷居然没有听完她的话，就对她的嘴大发议论，当然都是一些至高的赞美。钟美芬只有在心里说，这个人对嘴可真是鬼迷心窍。钟美芬只有不说自己的鼻子了。

季怀谷上大学时喜欢“胡诌几句诗”（这是他对自己写诗的说法）。毕业后，他在社会上四处奔波，为了工作，早就不再“胡诌几句诗”了。可是，与钟美芬恋爱进行到高潮时，他又开始为钟美芬胡诌诗了。在他送给钟美芬的所有诗中，都是对钟美芬嘴的赞美与吟唱，这就使钟美芬有了错觉，以为只要自己的嘴在，季怀谷会永远爱她。因为季怀谷最初就是爱上她的嘴的。

钟美芬把季怀谷写给她的对嘴的赞美诗都珍贵地藏了起来。为的是以后好时时拿出来回忆当年的好时光。

季怀谷在公司干得很出色，钟美芬的爸爸很赏识他。经常私下里给他交待一些事情让他去做。季怀谷当然知道这意味着什么，所以，对交给他的每一个任务都能愉快承担。在这一阶段，他确实也体会到了工作的快乐。

一年以后，季怀谷就被提拔为一个部门的经理。提了经理三个月，他就与钟美芬结婚了。可谓喜上加喜。

这时候，连季怀谷本人都忘记了鼻子问题。所以，与钟美芬结婚，完全是他情之所愿。他甚至觉得这个婚姻真的比较完美，虽说世上没有十全十美的事儿，但他还是觉得自己这个婚姻比较顺心遂意。顺心的日子总是过得很快。

一晃两年过去了。

有一天，季怀谷与钟美芬因为一件很小的芝麻事争吵了起来。夫妻之间这种争吵是经常发生的，本来也无所谓。两年来，这样的争吵时有发生，只是从来都是吵完就完了，没有什么后遗症。可这一次，在争吵中，季怀谷的眼睛突然盯在了钟美芬的鼻子上（这在季怀谷来说，是从来没有的事儿，他早就习惯于不看她的鼻子），那塌塌的鼻梁深深地刺激了他的脑神经。正吵着的他，居然一时什么话都忘了说。这一分钟的停顿，给钟美芬提供了时机，使钟美芬的话锋很快就占据了优势。清醒过来的他，眼见着妻子滔滔不绝，完全失去了争吵的兴趣。他的视线始终被钟美芬的鼻子牵引，那宽宽的鼻孔透着一种怪异吸引着他。他呆呆地看了一会儿，便离开了家。

钟美芬以为他被气跑了。所以，他走了后，她有一种胜利者的骄傲。一个人在屋里走了两圈，脸上不自觉地露出了得意的微笑。钟美芬从来不知道季怀谷对鼻子的敏感。本来嘛，季怀谷从来没对她提起过鼻子。

季怀谷一个人走在路上，脑子里闪现着钟美芬的鼻子，就像是一种反弹，现在钟美芬的鼻子牢牢地占据着他的大脑，怎么赶也赶不走。甚至他从马路上的任何一处，都能看到钟美芬的鼻子，它是那么塌，那么瘪，那宽形的鼻孔在他视线的每一处跳动。他这几年来遗忘的鼻子，现在终于又回来了。

季怀谷在马路上看到的全是鼻子。每一个擦肩而过的人，都在给他奉献着一个一个的鼻子。像是要补偿这几年来对鼻子的遗忘似的，所有的鼻子都在他的视线过滤下得到一个评价。他居然又恢复了品评鼻子的旧习。世界在他的面前一下子变得自由了起来。他品评了一路鼻子,步行到了公司。

当然,最让他揪心的还是钟美芬的鼻子。

就从这一天开始,他坐在公司的办公室里,开始与钟美芬的鼻子战斗。

他不留情面地在心里批评钟美芬的鼻子,一个人在办公室里自言自语。当然,一旦有人敲门进来,他立即停止自语状态,和来人该谈什么就谈什么。等来人一走,他的自语状态立即又恢复。他不能遏止地要批评这样的鼻子,他深知鼻子是无罪的,可是,他还是要批评这无罪的鼻子。是什么样的遗传基因造成了这样的一个鼻子?钟美芬的爸爸的鼻子长得挺好的,她妈妈的鼻子也可以,可钟美芬的鼻子居然就这样糟乱,这让谁能理解。

他真是抑制不住地要抨击这样的鼻子。

回家以后,他第一眼看到的就是钟美芬的鼻子。

钟美芬像以往一样,见他回来就意味着解除战争状态。她立即迎上前去,看着他的脸说,你回来了? 他看着钟美芬宽宽的鼻孔,他的心在紧缩。他难受的程度真是无法用言语表达。当他走向自己的房间时,好像满墙上贴的都是钟美芬的鼻子,钟美芬的鼻子似乎在一天之间张扬得到处都是。他生活在钟美芬的鼻子里。

钟美芬以为他是哪里不舒服,紧跟着他来到了房间。问,是不舒服么?他说,不是。钟美芬有些不解,说,怎么看着你有事似的。他说,没事。钟美芬皱着眉头,离开了房间。做饭去了。

他一个人懒懒地靠在床头。他的眼睛半闭半睁着，大脑被钟美芬的鼻子塞得满满的。他几次想抖擞起精神站起来，忘掉鼻子，像以前那样生活。可是，鼻子的力量远远地超过了别的一切欲望，他没有站起来。他在看着墙上那个想像出来的大大的钟美芬的鼻子，体验着一种从未有过的刺激。他的一切神经都因这个大大的鼻子而兴奋，除了鼻子，他没有感知到外面的世界。树叶在他的窗外已经掉落了不少，已是深秋了。以前，他最爱听的是秋风扫落叶的声音，那种声音里透示出一种横扫一切的力量，可是，现在他什么也听不到了。

等钟美芬做好了饭，端到了饭桌上喊他吃饭时，他已经足足地审视着墙上那个大大的塌鼻子一个多小时了。他来到了饭桌前，没有说话。现在，除了鼻子，他真是没有任何别的话好说。钟美芬分明觉出了他的异常，拿了好几个话头逗他，都没有逗出他的兴致。钟美芬实在是受不住了，一定要问出他的原因。仿佛他不说出个所以然来，她就要发火。钟美芬已经摆出了发火的架势，双目紧紧地盯着季怀谷。季怀谷没有感到她眼睛的盯视，而是感到她鼻子的威胁，仿佛是她的鼻子在盯视着他。他突然说，现在那么多做隆鼻术的，你去做做隆鼻术不行吗？我听说一点都不痛的。

听了这话，钟美芬简直如陷五里雾中。因为钟美芬万万想不到他会在这个时候谈到鼻子。在钟美芬的意识里，这太不是个时候了。再说，钟美芬从来没听他说过对她的鼻子有什么看法，做隆鼻术，这从何谈起？钟美芬是个本色的人，一向对那些割双眼皮做假乳房隆鼻术什么的美容术十分反感，在和别人的闲谈中经常抨击。眼下，她的丈夫居然让她做隆鼻术，真是太有些天方夜谭的味道。

钟美芬说，你有什么毛病，亏你还说得出口，还做隆鼻术。闲着，你没把你前额的皮刮一刮。神经病。

季怀谷看着妻子的嘴一张一合，那宽宽的鼻孔也随着这一张一合在翕动，他脱口又说，你一定要去做隆鼻术。

钟美芬已经有些气愤了。她说，我看你今天就是有些不正常。谈恋爱时，你都没有嫌我鼻子塌，现在你反而出毛病了。我是坚决不去做隆鼻术的。自然生成的东西是最美的，人工斧凿的东西没有一样是美的。

然后，钟美芬便怀疑地看着他，嘴上没说，心里却在想，他是不是有什么想法了，或者是遇到了什么坏女人？现在这样的女人不是很多吗？也许，地位变了，男人的心理马上就变。恋爱时，他那么喜欢我的嘴，现在连提也不提了。反而对鼻子斤斤计较大做文章了。

钟美芬把怀疑留在了心里。

一顿饭，两个人吃得很不愉快。

从此以后，季怀谷就像是看到了希望似的，天天在想着怎么劝钟美芬去做隆鼻术。是的，钟美芬的鼻子一旦隆起来，恐怕鼻孔也不会那么宽了吧。他这么想着，就越发觉得难以忍受钟美芬的鼻子了。

钟美芬的鼻子成了他的一大心理障碍。

有一天，季怀谷又试着劝钟美芬去做隆鼻术，不仅遭到了钟美芬的拒绝，而且还挨了钟美芬的一顿大骂。这顿骂，真是劈头盖脸，骂得季怀谷难以招架。从此以后，季怀谷再也不敢劝她去做隆鼻术了。

可是，季怀谷脑子里却抹不去钟美芬的鼻子。这个鼻子就像一个赘物，无论季怀谷走到哪里，它都跟着季怀谷，使季怀谷不胜其烦，不胜其恼。季怀谷从小以来积累下来的对鼻子的敏感想像，现在一股脑儿全出来折腾着他。季怀谷记得他从三岁起，就爱盯着妈妈的鼻子看，有时妈妈的鼻子一旦有一点点灰，他就受不了。爸爸的鼻子如果有汗，他的小手一定去拿一块毛巾给爸爸擦掉，他愿看着高高的晶莹剔透的鼻梁，遐想。从小他的幻想都是和鼻子相连的。

去幼儿园，他画的第一幅画就是一个大鼻子。老师还夸他画得很像，很传神。其实，不仅是画画，他无论写什么样的作文，都少不了要写到鼻子。

人的鼻子常常给他灵感。说起来不可思议，他能由一个高高的鼻梁，想到许多伟大的建筑，想到许多常人不可想像的伟大创造；他也由鼻子激发过许多奇思妙想，鼻子对他是那么的重要，连他自己都不能明白怎么会这样。

他老婆的鼻子毋庸置疑地就成了他的眼中钉。

当他正苦恼于无法说通他老婆去做隆鼻术时，他遇到了公司里一位姓米的女性，他称她小米。看到小米，他的眼睛就亮了。

小米的鼻梁长得那么高那么挺拔，鼻头浑圆而又有质感。

季怀谷对小米的兴趣可以说从第一眼开始便不可抗拒地猛增着。他爱小米的鼻子，小米的鼻子一出现，他就不可救药地爱上了这个鼻子。他找机会和小米一起说话，一起出去办事；很快便一起出去看电影、听音乐。有一次，在一个大型音乐会上，当灯光暗起来的时候，他就不可自制地吻起了小米的鼻子，嘴里还喃喃着，我爱你的鼻子，我实在太爱它了。连他自己都没想到，他居然听到了小米的回话，我也爱你的鼻子，你知道你的鼻子有多酷吗，它比以前我最喜欢的西方名演员都酷。说着，小米又去吻他的鼻子，两个鼻子酷爱者就这样走到了一起。在交替的接吻中，灯光很快由暗转明，两个人在转明的一刹那，不约而同地站了起来，悄悄地离开了座位，离开了演播大厅。到了街上，他就和小米手挽着手，像一对情人似的，走走停停，停停的时候，大多是在接吻。他们不知疲倦地在街上走了两个小时。然后，他们便停在一家宾馆前，两人稍一商量，便进去开了房间。

从此以后，他和小米便经常在这家宾馆前碰头。两个因鼻子走到一起的人，在这里建了一个爱情的安乐窝。对于季怀谷而言，这里才是他的家，他的家反而是一个旅店。他经常向钟美芬请假，要在某某地方开会或有什么应酬，不能回来。就算他有时候回来，也是深更半夜的，回来后，躺床便睡。钟美芬塌塌的鼻子使他对钟美芬完全没有了感觉。不仅如此，他有时甚至能生出揍钟美芬的欲望，当然，他都克制住了。

钟美芬现在只有生气的份。季怀谷回来，她生气；季怀谷不回来，她也生气。因为季怀谷回来，他们俩面临的是战争局面，季怀谷不回来，她一个人在内心里和季怀谷战斗，常常把季怀谷骂得体无完肤。其实，钟美芬正面临着性的压抑，季怀谷已经许久不光顾她了。她虽然没有找到季怀谷任何外遇的把柄，但她坚定地怀疑季怀谷有外遇，一个男人没有外遇，怎么会对自己的老婆这样呢。可是，从道理上，钟美芬找不出季怀谷外遇的理由，季怀谷当初是因她小巧的嘴巴爱上她的，而她现在嘴巴依然是那样小巧，不仅如此，现在比当姑娘时期，嘴唇更加丰润饱满，有魅力。钟美芬拿出季怀谷当年为她的嘴巴写的诗，句句都那么生动，那么令人浮想联翩，然而，季怀谷现在从来不看她的小巧的嘴巴了。

最可气的是，他还曾三番五次地要她去做隆鼻术。

季怀谷变了。钟美芬由衷地想。

季怀谷在公司里的行为诡秘了起来。他常常一个人出去办事，也不让司机跟着。凡是他出去的时候，小米肯定也不在公司。小米现在已是季怀谷这个部门的营销员了。营销人员比较自由，谁也不知道他们整天都在往哪里跑。所以，相当长的时间里，没有人发现他们俩的事情。

有一天，钟美芬的爸爸在一家夜总会门前发现了季怀谷和小米。说起来，也是季怀谷合该被发现。那一晚，他和小米本不是要到夜总会的（季怀谷从来不喜欢到夜总会），小米的表叔在这家夜总会工作，小米找表叔有点事，他在门口等小米，正好小米出来的时候，钟美芬的爸爸的车停在这里，钟美芬的爸爸是从车窗里看到季怀谷和小米的。他没有说话。可是，季怀谷和小米却谁也没有发现钟美芬的爸爸。两个人离开这里的时候，还手挽着手。

钟美芬的爸爸回去后一个星期没有找季怀谷。一个星期后的一天，钟美芬的爸爸将季怀谷叫到了他的办公室，关上门。两个人密谈了一个小时。季怀谷出来时，脸色一派凝重。

没有人知道他们俩说的什么。

可是，从此以后，季怀谷再也没有和小米在一起过。小米也再没有找过季怀谷。两个人还在钟美芬爸爸的公司尽职尽责着。

只是，季怀谷回家后，又开始动员钟美芬去做隆鼻术。告诉钟美芬哪里的隆鼻术做得最好，安全，无痛，而且最美观。

每每谈起隆鼻术，钟美芬就和他大吵。钟美芬一再给季怀谷说，你是不是外面有什么人了，要不怎么突然重视起鼻子来了，你以前从来不重视鼻子的。

每每这时候，季怀谷只是悲哀地看着她的鼻子，不说话。

钟美芬就哭着把季怀谷曾给她写过的关于嘴的赞美诗背给他听。钟美芬的眼泪无论流得有多么多，季怀谷依然拿眼睛盯视着她的鼻子。那塌塌的鼻梁居然也和高鼻梁一样由于哭而变得红红的。季怀谷想，这一道红，远远地看，倒像是一个鼻梁，可惜，不能近看。近看，就不像一个鼻梁了，倒像是描了一道红。

季怀谷越是讨厌钟美芬的塌鼻梁，他越是要看钟美芬的塌鼻梁。他曾多少次地告诉自己，别去看它，权当它不存在，像初识她时那样，光看她的嘴。然而，他的眼睛却不像当年那么听话，说不看就不看。他的眼睛总是不能遏止地要往她的鼻子上打量。以致于钟美芬都被他看得有了感觉。只要他的眼睛一向她的鼻子凝视，钟美芬就不自然地抽抽鼻子，说，你老看我这里干什么，无聊。可他却并没有因为钟美芬骂他无聊收回目光，他依然拿眼睛看着她的鼻子。

对于季怀谷而言，看钟美芬的鼻子，成了他们夫妻生活的一个主要内容。因为他在这上面耗的时间最多。对于钟美芬的鼻子，他总是既观又想，已经积累了大量的情感能量。正像我们身上长了一个疮，当我们老是

观想它时，我们就有一个欲望，想去抠它。开始，我们可能还能克制这个欲望，可观想的时间长了，就非动手不可了。有的人脸上长粉刺，也有这方面的体验。越是在镜子前看得时间长了，越是想动手抠它，以致于把它抠得鲜血淋漓，欲望释放了，才算罢休。

钟美芬的鼻子，季怀谷看得时间长了，也有这方面的欲望。他有时在钟美芬睡着时，脑子里就闪出了种种行动的欲望。有时他会想像一把手术刀，在这个鼻子上如何熟练地操作，以致于把鼻梁隆得高高的，然后钟美芬的鼻子摇身一变，成了那些典范的高鼻梁，令他百看不厌。有时，他又气恨得将钟美芬的鼻子全部剜掉了，那儿整个是一个大洞，什么也没有。即便这样，在季怀谷的感觉里，也比有那么一个有名无实的鼻子要强得多。没有就是没有，总比那似有非有要好。季怀谷在幻觉里，已经为钟美芬的鼻子开过好几次刀了。每一次的开刀演练，都使他有一种快感。

渐渐，他就养成了习惯，每逢钟美芬睡着了时，他就悄悄拉开床头灯，在钟美芬的鼻子上开刀。一会想像着从这儿开，一会儿想像着从那儿开，无数的刀口都在汩汩地流着血。他想像中的刀，已经在钟美芬的鼻子上不知挥舞了多少次，直到挥舞得自己都累了，他才躺下睡觉。

钟美芬的鼻子，成了他演练隆鼻术的试验场。如果他手中真有一把手术刀，他定不准真能干出这样的事儿。的确，在那静静的夜晚，人的意识肆虐张狂，谁能保证不出这样的事儿？他演练一会儿，琢磨一会儿，再换一个方式演练一会儿。每换一个新方式，他都会有一个新的兴奋点。他实在不能明白钟美芬为什么不去做隆鼻术，这本是多么令人快乐的一件事。他甚至为钟美芬感到遗憾，因为钟美芬放弃了人生一大乐事，一件空前的大乐事。

于是，夜里，就成了季怀谷人生另一面的转换点。只要夜幕降临，季怀谷的心里就有着悄悄的兴奋；钟美芬入睡的鼾声，更是对他的召唤。钟美芬一向爱仰着头睡觉，这为季怀谷的凝视与演练提供了最好的角度。有时，季怀谷的"手术刀"都能紧挨着钟美芬的鼻子，如果那"手术刀"不是用手做成的，钟美芬的鼻子可能早就成了牺牲品。好在季怀谷永远都缺一把手术刀。

季怀谷演练的时间久了，他就遏止不住地又要劝钟美芬去做隆鼻术。钟美芬就骂他鬼迷心窍。现在，季怀谷不仅给她讲做隆鼻术后鼻子会如何如何，而且还一再地告诉她，这种手术不但不痛，而且还很有快感，真的是这样。多少人做过，都有这个体会。你要是不去做，真是你这一辈子最大的憾事。人生图个什么啊，不就是美，不就是痛快吗，难道你说不是吗？他居然给钟美芬引述出了许多人生的大道理来了，搞得钟美芬哭笑不得。

由于他说得时间长了，钟美芬已经不拿他的"隆鼻术"当个什么事了。除了例行公事地骂他几句，钟美芬已经失去了真正生气的动力了。钟美芬多少次地在心里想，男人都是这样，一会爱嘴巴，一会爱鼻子，反正那爱整天都处于动态中。谁能拿男人怎么办呢。好在，现在看来，自己的丈夫在外边还真没有什么外遇，就让他的嘴爱说什么就说什么吧。钟美芬不再怀疑丈夫有外遇，是因为季怀谷打从钟美芬的爸爸召见了他一次后，他都是按时回家，再也没有向钟美芬请过假。

显然，钟美芬也不知道她爸爸召见季怀谷的内容。

这一天晚上，季怀谷回家得早一点，一坐下，他就给钟美芬说，他今天去了一家美容院，亲眼见了那里做隆鼻术的。好得很，真的好得很。他劝钟美芬，就到这家美容院就行，他和那里的医生聊了很长时间，真的太好了。并且，咱们这个城市里走出去的最大牌的一个名星都是在那里割的双眼皮，这个女明星的照片就挂在美容院里，割双眼皮以前的和割双眼皮以后的，分别挂了一张。你看，那么大的明星都去割双眼皮，而且这个明星割双眼皮以前的单眼皮也很漂亮。从这个明星的举动中，难道你还看不出割双眼皮、做隆鼻术的美妙吗？

钟美芬说，你就是说破了天也说不动我，难道你还看不出来吗？那个东西再美妙，让别人美妙去，我可不喜欢那样的美妙。说实在的，我还真喜欢我自己的鼻子，虽然鼻梁塌一些，但是，我觉着塌得好看。其实，人的鼻子并不是又高又直才好看，那只是人的一种偏见，我可没有这种偏见。我记得咱们恋爱时，我还试探过你，你也没有这个偏见，怎么现在偏见这么深呢？

季怀谷本来想说那个时候他是压抑了自己这方面的审美兴致，但他犹豫再三，还是没有说。

他只是说，塌鼻梁就是不好看，这并不存在世俗偏见。好看就是好看，不好看就是不好看，黑白是不能颠倒的。

钟美芬说，任你怎么说吧，我有我自己的主见。我可不是个随风倒的人物。

季怀谷说，就算是为你丈夫着想，难道你就不能去做一次隆鼻术吗？

钟美芬干脆地说，不能。

说着，钟美芬就去做饭了。季怀谷一个人干坐了一会儿，也跟到了厨房。他一边看着钟美芬炒菜，一边劝着钟美芬。钟美芬根本就不跟他说别的话，只有两个字：不去。你就是说到天亮，我也不去。

季怀谷说，你真的就这么绝情？钟美芬说，这怎么叫绝情呢，这只能说我立场坚定，不被世俗的浊水污染。不像你，看着明星割双眼皮，你就急着做隆鼻术。说起来，真是叫我恶心。

听到此，季怀谷气愤地离开了。他来到了自己的书房。

钟美芬一个人又煎又炒，根本没有在意季怀谷的离去。当她把煎炒的内容全都完成后，便一样一样地端到了餐桌上，并且拿出了季怀谷爱喝的酒。一切妥当后，她去书房叫季怀谷吃饭。

在书房里，钟美芬看到了惊人的一幕：

季怀谷将已写好的离婚协议书贴到了墙上。而且还是用老大的字写的，任何近视眼都能一目了然。

钟美芬气坏了。她大骂季怀谷，并掀翻了自己刚刚炒好的一桌菜。然后，她就去了爸爸的公司。

虽然钟美芬的爸爸从中做了大量的工作，但命运还是坚决地拆散了季怀谷和钟美芬。两个人终于离婚了。为的什么呢？为的是鼻子。说起来可能荒唐，可谁又不是如此荒唐地生活着呢。

季怀谷离开了钟美芬爸爸的公司。小米也离开了。

独角兽丛书

DuJiaoShou

带刺的玫瑰

2

40-41

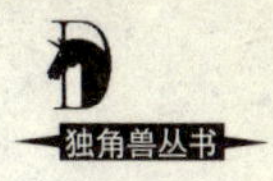

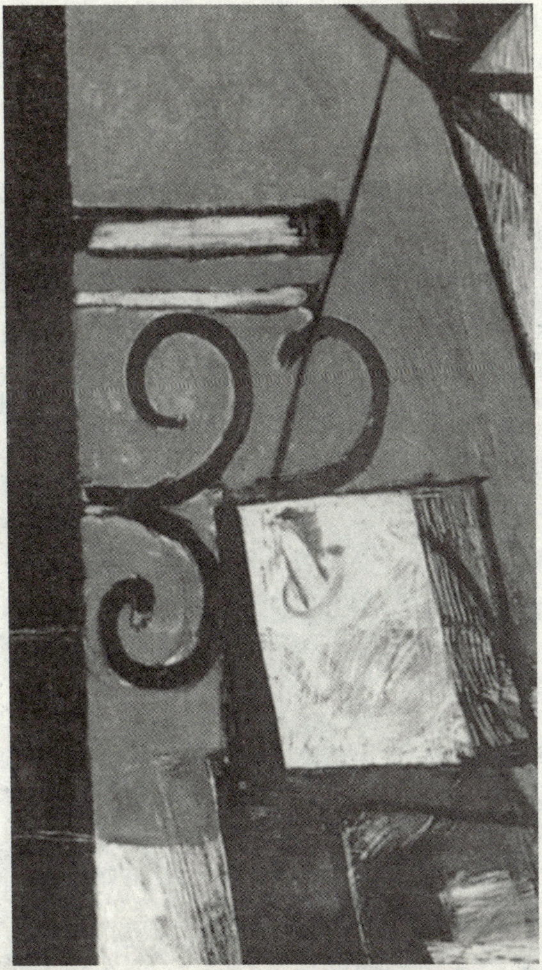

3

日记勾出的心事

尉萌萌经历了毒犯劫持的日子，自我感觉长大了。她不仅不再让爸爸送她，而且内心世界确实发生了天翻地覆的变化。她常常会想到自己的以前，想到爸爸送她的那些日子，一切恍然若梦。她尤其爱看她上大学时的日记。有一则日记她反复看了好几遍。这日记勾出了她的心事。透过日记，她看到了她曾经有过的激情，她曾经有过的爱。在爸爸日夜护送她的日子里，这一切仿佛都蒙上了灰尘——青春被蒙上了灰尘。家里人对她的担心与呵护，干扰了她青春的生活。是的，她坚决反对爸爸再接送她了。她从毒犯手里回来后，好像一下子醒了。她不愿家里人再跟着她。毒犯劫持她后，领着她东奔西窜（为了躲避警察的追捕）。谁都不会想到，这颠沛的生活震醒了她的青春热情。她好像一下子感觉出了活着的滋味——她在大学时也曾体会出的一种滋味。只是后来被家里的日日护送给阻隔了的一种生活滋味。是的，她要品尝生活，一个人品尝生活的滋味。连爸爸妈妈都觉出她回来后变了，变得连他们都感到难以理解。

尉萌萌不愿给父母讲她在奔命路上所体会的一种特殊滋味。而且，那个毒犯的长相有些像她大学时的日记里记载的那个男同学。她和那个毒犯在一起的那些日子，并不像父母想像得那么恐怖。不，甚至对她的精神是一种解救。那个毒犯爱慕她，从他对她的眼神里，她感觉出了一种如火的热情。这使她想起了大学时的男同学。所以，她回来后，不自觉地就开始翻看过去的日记，其实是在翻看那曾经记载的男同学。

“美貌杀人”。尉萌萌对别人的这种说法不以为然。尉萌萌虽然小小年纪,但她相信生死有命,富贵在天。这和美貌没有关系。虽然她的男朋友在这次事故中死去了,这使她伤心。可在感情上,这个毒犯却使她回想起了大学时的男同学。因为这个毒犯盯着她的眼神太像那个男同学了。毒犯说,尉萌萌像他爱的那个女人。可尉萌萌在心里说,这个毒犯像她大学里的那个男同学。

事情有时就是那么奇怪。自从这个毒犯死后,尉萌萌好像和青春接上了头。

尉萌萌开始仔仔细细地阅读上学时写得最长的一则日记。并且,一边读,一边幻想着那个男同学。尉萌萌怎么也不会想到,在这样的时刻,她居然不去想为了寻找她而死去的男朋友,而是去想上大学时的男同学。

现在,我们看看尉萌萌反复玩味的这则日记:

偷,对于女大学生来说,似乎是极不文明的字眼。可眼下,我们同舍的几位女生谁也没有办法洗清自己……

尽管系主任总是千方百计隐讳这个“偷”字。

“小迟的项链一夜之间不见了,这该怎么说呢?你们假如谁特别喜欢,可给家里打个招呼,让家长给买。”张主任那笑眯眯的眼闪着琢磨不透的光,在我们几位女生的头脚之间流连,“小迟马上就要走了，今早正掏钱包准备买车票呢，猛然发现，夜里，项链被人拿了。小迟的项链就放在枕头边。”我们同舍的几位女生都有点吃惊，紧接着便是平静，因为几位女生都认为自己只长了两只手。

然而，我们几人里面有个小偷。这是大家心里的话。

“你们几位昨天夜里谁下去小便过？”张主任那小眼眨巴得非常快，似乎每眨一下都有一个鬼点子。

“夜里一点多钟，我下去过。”我是那样坦然。

张主任的眼里闪着狡黠的光，非常满意地“哦”了一声。

她们几位也都呼出了一口长气，好像我夜里的小便更加证实了她们的清白。

之后，张主任便眨巴着小眼，多方提示，旁敲侧击，要偷者交出那百分之九十九点九九的纯金项链……那隐讳曲折的话真是没完没了，多亏中午饭的号声把我们几位女生给解放了。我清楚地看到，张主任临走前对我的那一瞥，似乎带着永恒的疑问……真狡猾，那有着松松眼皮的小眼睛。

当宿舍里只剩下我们几位加上小迟时，大家都默不做声。张张活泼的小白脸变得哭丧着。特别是小迟，那眼睛，不再有来时的那种风韵了。目光淡淡的，含着一种说不上来的执着劲，她在追寻什么？“不是为了嫁人，绝不是。你们别这么理解。我不是为了嫁他才来的，是有一些事情我想搞明白。活着，是应该知道活着的一些秘密的。”当小迟面对几位女生劝她“天涯何处无芳草，干吗非要嫁一个不爱自己的人”时，她紧急辩白道。哦，人，都不愿糊糊涂涂地活。说不出小迟眼里那是一种怎样的光，不全是悲伤，是的，不全是。为什么？刨根问底，是一件困难的事儿。小迟很痛苦。因为她在追寻着秘密的、实质的东西？我追寻过么？好像追寻过，又好像一直没有。人们常常爱把“问题的实质是……”这话挂在嘴头上，可谁真正抓住了那生活中的实质呢？小迟眼里那光，不是又一次逼着我去寻那“实质”么？那实质性的东西究竟藏在哪里？不想这些，吃饭吧。楼下谁人把碗敲得当当响，一定是饥肠辘辘了？可我们几位女生再加上小迟，慢慢腾腾地动作着。真扫兴，星期天中午照例的一次三鲜饺子，大家好像都没有以前的兴奋感和争先恐后劲了！临出宿舍门，我们同舍几位女同胞互相对视了几眼，似乎刹那间变成了陌路相逢的异客，谁也不认识谁了。

吃饭的路上，我不时地听到“可要严防小偷……”“这事儿八成是……”“风月场中的奇闻”之类的窃窃私语。我昂着头，挺着胸，一副不以为然的样子。扯淡的嘴巴们。哎，这总算给那些热衷于染红头发的女郎们黯淡的生活增添了几粒盐……

回到宿舍，小迟正在那儿抹眼泪，她想起了什么？纯金项链？值得为它流这么多眼泪么？不，绝不是为这个，她那缓缓流动的两行泪水也在提示我。再说，她只是失掉了纯金项链么？在她这个年龄，她想得到什么呢？她说：“我不是为了嫁他才来的。”那是为了什么？

下午，系主任又把我们几位女生叫到了主任办公室。辅导员、总支书记都在场，他们的目光在我们几位身上扫来扫去，似乎在搜寻着我们的内心反应，以捕捉“作案迹象”。我总觉得，目光停在我身上的时间特别长，许是因为我那夜间小便……可是，我沉住了气。不做亏心事，不怕鬼叫门。这句古语可帮了我的大忙，我脸不变色心不跳。这异常的冷静使得系主任那灵活的小眼也似乎呆滞了几分。

“这纯金项链的丢失不能算是件小事，大家要从做人的角度好好地想一想。小迟和严冬也好了几年了。严冬近一年来，反而和她关系越来越淡。这是她的不幸。严冬的行为本身就不那么令人满意……”我使劲盯着系主任那双眼，那里面似乎存着对严冬行为的不屑一谈……

是的，严冬在爱着我。这是公开的秘密。可是，假如没有那个夏夜，也许就不会有那一切，更不会有那首小诗……

那是一个很热很热的夏夜，我们宿舍的几位女生都各自从冷水里湿了一条毛巾压在肚皮上，然而，这根本抵挡不住大自然的热力。没办法，大家都坐起来，拿出小扇，准备长期作战。忽然，我们的楼下一派骚动声。不用说，他们男生都下楼乘凉了。这样一来，我们更是焦躁不安。常言道：心静自然凉。活该，我们都没有这个福气，似乎在宿舍里一分钟也呆不下去了。很快，我们也下楼了。奇怪，那晚，月色并不怎么好，可不少同学诗兴大发，什么“热呵，小鸟躲进了树林里；热呵，风儿留在了山坳里；热呵……”很是风骚了一阵子。我感到好笑，便百无聊赖地向着僻静的地方漫步着。在那里，在图书馆南边的那个顶孤寂的小角落里，站着他——严冬。他也喜欢独自一人？一种顽皮劲袭上我心头：

“月儿呀，你在等待什么呢？”

“要致敬于我们必须给它让路的太阳。”

他不快不慢地回答着，慢慢地转过头来。女孩子的天真无邪、一汪清

水，其实不过是挂羊头卖狗肉。不是么？我明明知道，严冬已经恋爱了，我却愿意把一种微妙的笑献给他，愿把一个纯真的影子留给他，愿他时时想着我。开始，我只是由于太孤独，非常希望人与人之间能多些温存，无论男人之间、女人之间，或男女之间，都能这样。按说，这本没有错。只是，在这“本没有错”中，却萌生着一种变异的枝芽，这是人的弱点所致？许多丑的事情不都是由于美引起的么？对，希望他因为我而夜夜咀嚼着“美好”一词，这是怎么回事？哪怕高级间谍也不会窥探出我大脑皮层里隐藏的那个 “小”字。

“怎么，你也喜欢泰戈尔的诗？”

“是的，和你一样。”

“鸟儿愿为一朵云，云儿愿为一只鸟”……

多么神奇，大自然的热力骤然减退了。一种凉爽的感觉洋溢在他周身，我敢保证。我们嘴上悄悄喃喃着热，可心里却很舒服。是的，真热，天气，闷闷的。而心里，淅淅沥沥，下着小雨，令人惬意。即使在这月色并不怎么好的夜里，我也能看到他眼里的光，那是天上的两颗星星在闪烁。柏树，绿绿的，你喜欢绿色的吗？喜欢，那是生命的色彩。青春，是绿色的吗？不，是红色的，最热情的色彩。哦，严冬，把一种新的异性的温存挤进了记忆里，排除了一部分旧的。因为人的大脑记忆仓库的储蓄量是固定的，吸收一部分，就要排除一部分。这倒是很符合新陈代谢这一运动规律的。

我猛然意识到，为什么在系主任宣布小迟丢纯金项链的一刹那，大家都把疑惑的目光投向了我。小路上，走廊里，见了我，指手画脚，一片叽喳声。因为我和她，正成了外国文学作品里描写的“情敌”。倒霉，正由于我和她那么一丁点可以说是“个人私事”吧，大家就这样怀疑我，福尔摩斯的那一套理论他们学得倒是怪透的。

系主任那含蓄的声调里明显地包含着一层隐秘的意思：

“也许，一时冲动会做出错事，诸如拿别人的东西以报复之类，这都是可以想像并且是可以原谅的。改了，我们就承认是好同学，既往不咎……”

我望了望那几位在座的同舍女生，都神像似的，一动不动，表情坦然自如。很显然，有我在她们心中垫底，什么样的话全可以无动于衷。

我想起了遥远的过去，想起了一双绣花鞋引起的风波，想起了“秋风秋雨愁煞人”的诗句，想起了……我是在乱想。天，我本是没有偷她的项链的。我知道，这一切都是因为我和严冬的恋爱……

我和严冬，说不出是为什么，仿佛是一种新的思潮、新的观点使得两颗心碰撞时爆发出了火花。我们在一起时，总是讲那些“歪理”，那些和流俗相左的见解。我们越说越投机，越说越有话题，以致于说到我们终于觉着彼此都离不开了……人有时是多么不可思议。这次小迟来，安排在我们宿舍。她刚一踏进门，我看到了一双眼睛，尽管细细的，长长的，还是单眼皮的，可那是一双奇特的眼睛，我是这么判断的。因为它闪着一种光，淡淡的，然而又是遥远的；梦幻的，而又生活化的；温馨的，而又是执拗的；哀婉的，可又是坚强的。这光自有一种独特的韵致。我受到了一种刺激，这光的刺激！

我开始想了，为什么生活要选择她这样一个人来领略这种不幸……

我的眼一直悄悄望着她。人,修长,淡淡的碎花上衣,银灰色长裤,白净的面皮,丰腴的胸脯,说话音调轻轻而又柔和。一个淡泊、文静、优雅的姑娘立在我的面前,进入了我的脑中。猛地,一种空前的羞赧攫住了我的心,哦,我这是怎么啦,我做了些什么,为什么?是为了自我的某种解放,还是有别的什么因素,也许它很难有结论。不过,我可明白,我在发狂,用我那超出一般人的那点聪明,那点才华,我感到了前所未有的空虚。是的,我得到了,得到了他,严冬。可是,我失掉的是什么,我不愿回答。

还是小迟刚来那晚,也许是因为我和严冬的关系吧,大家对她的来意不问一句。然而,临睡前,小迟自己却开了口:"换了地方,就像到了另一个世界。其实,走到哪里,人,不都是人么?站在哪片地上,都要做人。许是得了疯魔病。"她非常忧郁地脱下了衣服,似乎很是为没人医治这流行性的疯魔病而犯愁。

那时,疯魔病一词就钻进了我的脑海,任你怎么甩也甩不掉。

疯魔病产生的东西未必不美,真的。

那是一条蓝色的河流,哦,闪动着不安的蓝光。如果这条河流从地球上消失了,人类会不会少一些异想;唔,不会的,只要人在,人比河流更神奇。什么都是人创造的,可是什么可以创造人呢?

是的,没有前一阶段的浪花,就不会有今天的我,不会有我和严冬的恋爱。可是，这里边夹杂着几分健康，几分鄙俗，几分为他人，几分为自己，就很难说明白。舞厅里那疯狂的舞步，课堂里对老师讲课那极尽挑剔的目光，把前人积累的知识视为晨间之雾的傲慢心情，那猎取了别人的爱之后的自得的、无所谓的派头……很难说它不带有一种病态，尽管它有病态的美。

"我不愿循规蹈矩地生活。"我说。

"我也不愿，那是窒息人的。"他说。

"我只想按自己的意愿行事。"

"是的，什么都别怕，走自己的路。"

我们到护城河划船去，我们到灵岩寺野餐去，我们到天坛公园看哈哈镜去，我们到柳埠赏竹子去。因为我们不愿听王老师讲课，太古板；我们不愿听李教授的学术报告，老套子；我们不愿听系主任讲话，千篇一律。

癫狂的举动，有时也有天才的闪光。然而，那只是一丝孤独的闪光，很快便会灭掉。生活的裁判，是无情的，但也是公正的。只有它能矫正这一切。

我和严冬——我思索着，我们在一块，度过了多少个清晨，多少个黄昏，记不清了。我只知道，我们也和许多颇为聪明的男女一样，那不能公开的一切都是在默默中进行的。滔滔不绝的言谈掩盖着内心的默契，纯洁掩盖着肮脏，激流夹带着泥沙。是的，暗影中的一只手在偷偷地拆毁着严冬原来感情的基石，而悄悄地给筑上了新的感情的堤坝。他原本是爱小迟的，在我们最初接触的时候，时不时的，他会提到小迟。看到春草碧色，他会想起小迟爱穿草绿色的毛衣，并说小迟常使他想起"生命之树

常青”这话，然后，他会有一小段时间陷入沉思。在这种时候，我问他什么话，他仿佛都听不见。每每在他非常忘情地谈论着什么问题时，还会夹杂着“小迟曾经说……”之类的话语。模模糊糊地，我知道了，他曾经是那样的爱小迟。他曾说，小迟是这么一种人，说不出她拥有一些什么，但时时可感到她有一种力量，你不得不受这无形的力量的撼动。是的，他爱小迟，可是，男人有男人的弱点，是女人能够掌握的弱点。一个男人常常不注意保护自己的感情，更不严防感情上的小偷……无数的“她”常常是这样生活着的：她们用自己勤劳的双手打扮着祖国，也许还有某种创造，某些发明，可是你却很难把这双勤劳的手和那只无形的手决然分开，正像你很难把鼻腔吸进的新鲜空气与同时吸进的尘埃决然分开一样，只有她们自己明白。

这就是“她们”，也就是我。

不能否认，我在送他《坎特伯雷故事集》的同时，送给他一个微笑，一点温情；不能否认，我们在共同肯定《十日谈》这本书的时候，也肯定了世界上一对小小的漂泊者的个人的隐衷……

夜，很深很沉，教室里只剩下了我和他。我在帮助他整理那些卡片，他在那儿埋头思谋论文。“你回去休息吧。”他说。“不，我把这一叠整理完，咱们一块走。”哦，一块走，多少个夜晚都是这样一块走。我们望着暗夜里迟迟不肯睡去的几颗星星，走得很慢很慢，谁都不说话，好像细细地体味着什么东西。他把我一直送到女生宿舍楼门口。我总是听着他的脚步声渐渐远去,才上楼。

文化楼东边那片青草地,静且幽。我们常常在那儿散步。渐渐,严冬给我说过这样的话,小迟只是在他动摇的心中偶尔闪现,而且,一闪即逝。再后来,他又说,过去的都过去了,他的心被今天占满着,他要抓住今天。我知道,那意味着些什么。他心中那件草绿色毛衣已经退了色,不美丽了。

在两颗心互相呼唤的同时,尽管我口上背诵着“广漠无垠的沙漠热烈地追求着一叶绿草的爱,但它摇摇头,笑起来,飞了开去”,然而,我是笑着,点点头,走向他……新想法,新见解,新感受,那儿,有一个全新的世界,让我们一块探求。是什么使心这样激动?那是在共同爱好背后的温存、体贴和情爱。

严冬呢,平日似乎是被一种排山倒海的新思潮所占据,什么三个“斯基”很早就反对……;五个莎剧早就提出……;什么雪莱不赞成爱情上的忠贞……还有拜伦孤独的英雄主义……似乎充塞着他的脑海。可是,忽然有一天,我和他一块到车站看看“五一”节爬泰山坐哪班车更合适时,迎面看到了一位穿绿毛衣的女性,他呆呆地看了好一会儿,忽然说:“我好像做了一个梦。”我知道,小迟爱穿绿毛衣。“哦,梦和现实本来就难分难解。”我当时顺口说出的话今天看来还是有些道理,不是么?这丢项链案真让人怀疑是一场梦。

哦,人生如梦,梦如人生。

“丢了也就丢了,你们别有什么不好意思的。”小迟今早见我们几位女生都因背着黑锅而心情沉重,好像很是有些过意不去,温存地望了望我们,宽慰道:“这件事没什么大不了的,不值得追寻,都是好人,我也认了。”脸上泛着恬淡而又忧伤的光，那眼睛也在告诉我们，她一点也不计较。接着，她们几位都向她说着亲切而又含有歉意的话，表示着自己的感动和对她的友好。我的心不知怎的，好像被什么东西震撼着。这是一种什么东西呢？对这纯金项链她不愿追寻，却苦苦地追寻着另外的东西，一些生活中藏得很深的奥妙，那是一副诚挚的心灵对事物真实底蕴的求索。我求索过么？

我明白了，为什么小迟一来，那“疯魔病”一词就印在了我的脑海里，而小迟的影子，那有着一双独特风韵的眼睛总是在我的脑海里闪来闪去，她是在医治疯魔病还是在索债？的确，我是欠了她的。

张主任还在给我们几位许着愿：

“无论是谁拿了她的项链，只要能自觉送回，采用什么方式都行，我们决不声张。”说完，很奥妙地看了我一眼，然后就大赦似的，放我们几位回去反省。

多亏我内心有一股意志非常坚强，要不然，我简直有点受不住那些飞短流长。路过茶炉，不少提水的同学、老师一齐把目光射向我，连管烧水的那工人老头也直直地盯着我……“你看不见你的真相，你看见的只是你的影子。”我飞快地跑回了宿舍，推开门，连看也没敢看小迟一眼，就上了床，一言不发。而且连大气也不好意思出，我想让别人忘掉我的存在。

在那条蓝色的河流旁，在那橘黄色的街灯下，在那沉沉的黑夜里，在那片雨幕中，在那芳草萋萋的绿色世界……那是我吗？指点着人生，社会，还有晶莹的晨雾，歌唱的夜莺，风流的桃李，娇弱的白兰，热烈，多情，对着严冬。我在干什么？

严冬，他一点也没意识到，我和他一同在思想的海洋里遨游时，我同时也伸出一双微妙的手在“偷”他的爱。……

我轻轻地抬起头，悄悄地看了一眼下床的小迟。她木木地看着窗玻璃。她只不过在我们这里住了一星期，可神情却大变了。她那双富有特色的眼，有些浮肿。第一天，严冬领着她在街上瞒天过海地谈着一切，想“和平解决”这件事的时候，痴情的她还满怀希望，那眼每每打量着什么，总闪着楚楚动人的光。只是以后严冬撕破了脸皮躲起来了，她才失望了，并认定严冬是害了疯魔病。她仍迟迟不忍离去。因为“病”总是有可治的余地，她好像一直在等着严冬的改变。然而，她等到的是纯金项链的不翼而飞……

想到此，我的心好像突然被什么东西刺痛了一下。

我爬起来，翻出爸爸在我生日时给我买的纯金项链——我一次也没有戴过，跳下床，坐在她的对面：

“小迟，这……”我把项链放在她的膝上。她的眼没有看我，好像是为了避免我的难堪。“如果你真喜欢……”哦，她真以为是我偷的项链，一点没意识到我是干了一种比偷项链更鄙下的勾当——偷别人的爱。

我匆匆跑下楼，我要把这一切对张主任讲清楚。

“喂，哪里去？”我一扭头，是严冬。那脸似乎有点瘦削。对，应该找他好好谈谈，然而，却不是现在。他望着我，那眼仍是那样深情。然而，我自信，我的眼睛却是理性的。好久，他才轻轻对我说：

“张主任把我叫了回来，我才知道了丢项链的事儿。这完全是小迟的糊涂所致。她确实戴了项链来，可她前天，我们一块上街，她要洗澡。她摘下项链，要我看为她保管。都是因为她大脑错乱，自己忘了。也难怪……”我打断了他的话：“是我偷的，我要还给她。”只见严冬惊得张大了嘴。

我丢下他，匆匆向系办公室走去……

尉萌萌对着这则日记，读一会儿，想一会儿，那“能淹死男人的大眼”充满了遐想。她想起了严冬。嘴里喃喃自语着：严冬，你现在好吗？我想你。你还和小迟在一起吗？

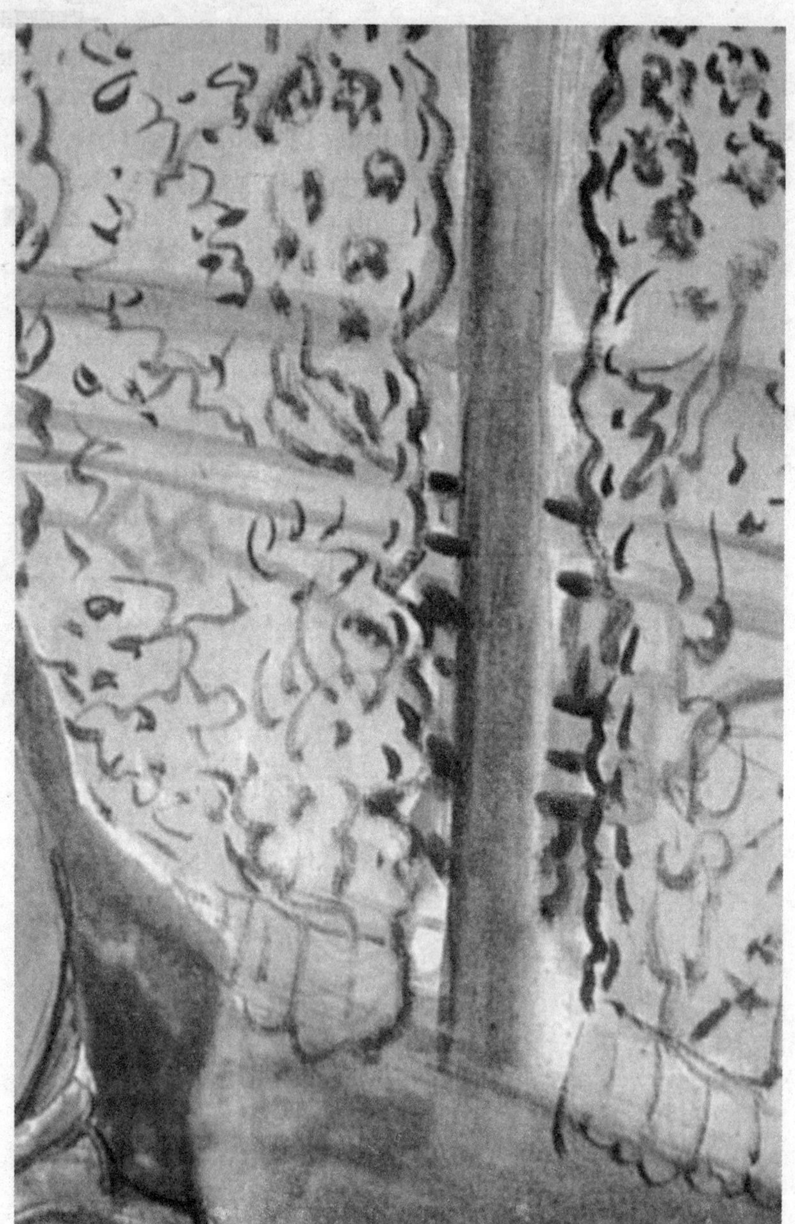

4

最终为了找到你

季怀谷和小米离开了钟美芬爸爸的公司后，四处找事做，什么活都干过，但却挣不到钱。两个人最初的浪漫没有了，剩下的只有为钱设计了。季怀谷心想，离开了他讨厌的鼻子，这比什么都重要。只要动脑筋，钱是能挣到的。他也常常给小米这样说。

有时，季怀谷自己也想，小米未必是他最终的伴侣。不过，现在他们俩是最好搭档。他现在又能去找谁呢，既然和小米有了一腿，丢了面子，两个人也只能走到团结协作的路上来。别无选择。有一夜，他做了一梦，他和一个绝美的女人坐在了一起。这个绝美的女人问起了他的情感路程，他醒来还清楚地记得他说的一句话：最终是为了找到你。

茫茫人海，季怀谷真的不知道哪一个是最终陪伴他的女人。小米是他婚姻的副产品。现在他也只能和这个副产品呆在一起。

这是夏日一个热烈的下午。在一个十字路口，人流滚滚。季怀谷正穿过马路。

马路这边，是一家俱乐部。门前，挑着一横幅："大发家俱公司股票首发式"。这里，鞭炮不断，许多人集在这里，好不热闹。季怀谷走了过来。在人群中，他一眼认出了在看热闹的小米。季怀谷朝小米来，将小米拉出了人群。季怀谷说，你在这瞧什么热闹，我找你多时了。小米看着季怀谷的眼睛说，瞧你那样，像是有意外喜事降临。季怀谷说，别做梦，上天掉不下来馅饼。说着，扯起小米就走。

季怀谷领小米来到了一间咖啡屋。

他们选择了靠窗的位子上坐下。很快两杯咖啡就端了上来。季怀谷品着咖啡，望着一对对男女走向那一个个小单间，回过神来，对小米说：

“我昨夜想了一夜，觉着那些乱七八糟的挣钱的书都被人写遍了，就是这《乡镇企业名录》，还空着。哎，你见过有人弄这种书了吗？”

小米摇了摇头。但紧接着又说：“像咱俩这种人你看是出书的料吗？咱们从没捣鼓这个，别不知道自己吃了几碗干饭。这项钱不是咱挣的。”

季怀谷说：“所以，搞它就有戏了。你想想看，人家一看咱俩根本不是那种出书油子，不会挣这项钱。咱们老实巴交的，咱们是实在人。咱们干这个，完全是为了给乡下人服务，为乡下人出名争口气。咱们收费很少很少，少到任何一个乡镇企业都不会疑心咱是为了他那兜里的票子，所以他们完全不必小心自己的钱袋。这方面，我有办法。”

说着，季怀谷狡猾地笑笑。

小米不相信地撇撇嘴：“就你那些办法，哼。不过，说说看，也算是一乐。”

季怀谷说：“岂止是乐。你听着，我在《环境报》有一个侄子。咱们可以打着《环境报》的幌子搞，这一点，我侄子包能和他们主编谈通。到时候给他们一些挂名费就行了。他们整天还巴不得挣这项钱呢。让我侄子给拟一个征稿启事，把征稿启事发给各乡镇企业，如果有一千个乡镇企业应征，就赚发大了。每篇应征稿件文字不超过一千，收费五百元，不多吧？应征者倘有一千名，就是五十万啊，除去出书费用，顶少也能净赚四十多万，你说这计划宏伟是吧？”

小米也听得瞪大了眼睛，说：“宏伟倒是没问题。只是，《环境报》是干什么的？”

季怀谷说：“具体的，我也不知道。不过，我想，当然是登一些和环境有关的问题了。小米说，这就是了。这个报纸和乡镇企业不沾边，《环境报》搞乡镇企业名录，人家乡镇企业怎么能相信这是搞正道，谁敢应征。现在的人都鬼精。”

季怀谷说：“这事我也想过了。路子也找了一个。这就是联合乡镇企业局一块搞，算是合作。到时候利润可以半对半。这样我们也可以赚二十多万呐。小米听着，也来了精神。小米说，如果和乡镇企业局一块搞，那成功率可就大大的。”

季怀谷看了看小米，说：“这不问题也出来了，你我在乡镇企业局有熟人吗？”

不等小米回话，季怀谷翻了翻白眼说：“反正季怀谷没有。”

小米说：“你可以通过你那《环境报》的侄子戴二找找关系啊。”

季怀谷摇摇头：“据我所知，他也没有这方面的关系。”

小米说：“他可以找关系的关系啊。”

季怀谷拍拍脑门：“对，这乡镇企业局很可能在他朋友的网上网着。就这么着。我去找他。”

可就在这一刹，季怀谷的眼睛又愣住了：“不好，如果这样泄密了怎么办？”

小米说：“泄什么密？”

季怀谷说：“傻吧你，如果让他朋友的朋友把咱们的这个信息盗走了，人家自己去搞，将咱们晾在一边，你说那是什么滋味？”

小米说：“这不要紧，咱们可以让戴二把话说得含糊一些，只是打听个关系，让他们介绍个人，咱们自己去找。”

季怀谷：“这还差不离。”

季怀谷和小米现在可谓社会上的两个小人物。季怀谷被钟美芬的爸爸赶出公司后，一直胸怀大志闯社会。小米和季怀谷遭遇相同。两个人情投意合，倒也不觉得怎么苦。他们相信只要不懈努力一定能挣大钱。尽管一段时间来没有赚多少钱，但合作还是很愉快的。这不，两个人又想出这么个挣钱的法子后，心里都很兴奋。越合计心里越美妙。两个人决计要付诸实践。

回去后，季怀谷就给侄子戴二打了电话。戴二答应帮季怀谷找关系。季怀谷说，咱也不求别的，不过是找这么个人引荐一下，哪怕是他给咱写一封信，咱拿着去找局里的秘书或者局长什么的，也算咱有这么点说法。要不，猛不丁地闯了去，人家不会接待咱，定不准还以为咱是个骗子呢。侄子表示理解，并告诉季怀谷，能帮忙的，他一定全力帮忙。让季怀谷放心。季怀谷放下电话，一脸得意。嘴里还哼了一曲小调。

季怀谷高兴地去了小米的小屋，小米正在择韭菜，季怀谷说：“好了，没问题了。戴二答应找个熟人给咱们写一封举荐信，而且戴二还说他为此还要给咱们办两个特约记者证，咱们俩就做好准备，净等着行动了。哈哈。”

小米说：“你找的人不会泄密吧？”

季怀谷：“哪能啊，我是谁？”

小米笑了，双眼放光地看着季怀谷，道：“快洗手包饺子吧。”

第二天，季怀谷和小米就去了戴二处。戴二打着哈欠，一副刚睡醒的样子。他将季怀谷小米让到沙发上，二话没说，就去了里间屋，很快又出来了，将两个特约记者证和一封信扔在了茶几上。信是戴二找自己的一个朋友写给乡镇企业局的一位秘书的。

戴二说：“该我办的我都办了，剩下的事我就不管了。你们俩跑吧。”

季怀谷和小米高兴地一人拿起一个特约记者证，满脸喜色。

季怀谷说：“这就太感谢你了，事成后，一定不会亏待你的。除了报社，我们会对你另外有所表示的。”戴二是季怀谷的远房侄子，能为他办这些事，季怀谷就觉着很够意思了。

戴二一副财大气粗的样子，笑笑：“我不缺钱。你们愿折腾就尽着劲地折腾吧，给你们办这点事，对于我，也不过是举手之劳，无所谓。”

小米很仰慕地看着戴二：“你说我们能成吧？”

戴二又深奥地笑笑：“这种事看运气吧。”

季怀谷说：“我们也就是闯运气，我就不信这运气永远到不了我们身上。是吧，小米？”小米嘴里说着试试吧，眼睛还是仰慕地看着戴二。

季怀谷看着小米的样子，站起身说："我们走吧。别再耽误我侄子的时间了。他的时间金贵着呢。"

二人站起了身，告辞了。季怀谷和小米喜气洋洋地骑车穿行在回家的路上。

到了小米的小屋，季怀谷从兜里掏出戴二给他的那封信，横竖看了好几遍。小米也拿着她的特约记者证，惊喜地端详了又端详。

季怀谷说："知道吧小米，这封信是给乡镇企业局的韩秘书的，信里称咱俩是写信人的好朋友，而咱俩连写信人的面还没照过呢。这个戴二真有办法，这网撒得多广啊。不佩服不成。当然啦，对这种人，你是无法去想入非非的了。可别做那个心中无数的人。知道吧小米。"

小米白他一眼说："用你操闲心。"

季怀谷说："有自知之明就好。"

季怀谷把信交给小米："你看咱们是不是赶快行动？"

小米拿过信看了两眼，说："什么事都是赶早不赶晚，不过，我心里可是一点数也没有。办这种事这真是头一遭。"

季怀谷说："摸着石子过河吧。现在这个社会谁心里有数啊，硬着头皮干呗。保不准有一天咱俩也成了一个名人。"

小米说："做你的美梦吧，反正又不花钱。"说着就笑。

季怀谷说："你快到梳妆台前武装武装，咱们就出发吧。”

小米坐到了梳妆台前。擦脸梳头。季怀谷又展开信读。他又横竖读了两遍，便唤小米，见小米不应，他扭头看了看小米，见小米还在一心一意地化妆，季怀谷脸上出现了不耐烦。

季怀谷说：“喂，时间不早了，不用带那么多武器。”

小米说：“不多带武器，怎能保你胜利。”说着，把一串假项链挂在了脖子上。然后才站起身，看看季怀谷说：“你看可以了吧？”

季怀谷说：“我看早就可以了。”

小米提起自己的坤包：“那咱们开路吧。”

他们很快来到了乡镇企业局办公室。找到了韩秘书，把信递了上去。

季怀谷认真地打量了一下韩秘书，韩秘书看上去十分厚道。季怀谷说：“是这么回事，我们《环境报》想为全省的乡镇企业出本书。有意和乡镇企业局合作，共同拟个征稿启事。这事不知你们谁管，特向你打听一下内部情况。”

韩秘书看了看他俩：“具体是什么书？”

他们俩又做了一番解释。韩秘书这次好像全明白了。

韩秘书说：“这事得刘局长说算。找别人全白搭。”

季怀谷说：“刘局长是怎样的人？你看他对这事……”

韩秘书说：“刘局长是个十分正统的人，如果要乡镇企业拿赞助出书，他恐怕不会同意的。”

小米觉着韩秘书还没有明白，道：“不是赞助出书，而是宣传他们，帮助他们互相沟通信息，使各乡镇企业都知道彼此在干些什么。这就好比登广告，总得拿广告费用吧。并不是坑他们。”

季怀谷说:“这样,我们直接跟刘局长谈谈怎样?”

韩秘书说:“行啊,不过刘局长开会去了。”然后看看表,“可他快回来了。”

季怀谷说:“我们可以在这里等他。”

植物园的一条林阴路上。环境幽雅,气候宜人。刘局长正和恋人小陈漫步。小陈四十出头,极有少妇的丰润。可刘局长脸色很难看:“我坚决不同意你停薪留职。”

小陈看了看刘局长:“老刘,我的事还是让我自己来做主吧。”

刘局长道:“这件事我不能让步。”小陈看着不远处嬉闹的游人,神情忧郁。小陈声音很轻地说:“你过去不这么蛮横。”

刘局长说:“在这件事上我没法不蛮横,我不让你停薪留职。”

小陈说:“停薪留职报告我已打上去了,我是不会改变的。”小陈话语柔和,但柔中有刚。刘局长深深地困惑了,“你为什么非要停薪留职去开那服装屋呢。在机关里干得好好的,怎么那服装屋就有那么大的魅力。你该不会是为了挣钱吧?

小陈想了想说:“有挣钱的因素,但也是我的爱好。”

刘局长一听挣钱,更火了:“小陈,你该不是向往那些百万千万富翁的生活方式吧?你原来可不是这样的。”

小陈默默地不说话。

刘局长以深切的眼神望着小陈说："几年来，我们的感情默契都是建立在相互理解的基础上。尽管现在许多机关干部经商了，下海了，但你不应该是这样的。为了我，你也不该是这样的。你知道，我是最讨厌机关人员下海的。"

小陈说："你就是讨厌多挣钱。"

刘局长说："也不是，我讨厌那歪门邪道挣的钱。"

小陈道："你怎么能分出哪是歪门邪道那是正门正道？"

刘局长沉思有顷，说："这道分界线在我心里。说是说不清的。"

小陈轻轻叹了一口气："我们现在在这些事上有距离了。"

刘局长诧异地看着小陈。

小陈说："我是不想再按这老步调生活下去了。我这心理不会改变的。"

刘局长和小陈越说越僵，憋了一肚子火分手了。刘局长妻子死后，便和小陈好了起来。不成想，小陈却想停薪留职去干个体。这是刘局长无论如何不能理解的。

季怀谷和小米正无聊地翻着报纸，听见了渐渐临近的脚步声。二人停止翻动，互相很会意地看了一眼。然后便正襟危坐。刘局长推门进来了。

季怀谷和小米同时站了起来，并立即掏出名片，做了自我介绍。韩秘书也帮他们介绍了一下。当刘局长听说他们是为出书的事时，眉头就皱了起来。季怀谷说到出书挣的钱对半分一节，刘局长就火了。刘局长本来就为了小陈辞职一事，一肚子不愉快，正没个地方发泄，季怀谷和小米迎头而上了。刘局长不仅一口否决了他们的想法，而且还把他们大批了一

顿。说他们满脑门子都想着钱，出书，不过是为了坑人，骗钱。他是决不会为了他们这钱迷脑子开绿灯的。并要他们立即出去，他不想多听他们一句话。

季怀谷和小米只有一脸尴尬与沮丧地撤离了。

他们俩走后，刘局长一个人坐着抽闷烟。脑子里闪现的全是小陈的形象。

季怀谷和小米再一次回到小米的屋里想计谋。他们并排坐在长沙发上。

他们俩讨论来讨论去，一直认为，当官的都喜欢显示显示权的威力。你看那些当官的哪个不喜欢别人可怜巴巴的样了。这样他们能获得一种崇高感。于是，他们俩都倾向于送礼。不过，送礼能送什么呢？小米说，贵的咱送不起，便宜的人家可能根本不放在眼里。季怀谷说，你说的又差了。主要不在于礼的轻重，而在于有那个意思，让他有那个感觉就行了。你想现在当官的家里什么也不缺，缺的恐怕就是别人那种巴结的眼神了。所以，咱不必在礼的轻重上下功夫，而一定要有这个表示。小米点头表示赞同。最后，二人一致认为，现在天也挺热的，咱就自自然然地，给他带去几箱饮料，既表示了咱的意思，他也不会有精神负担，礼轻嘛。

季怀谷和小米说干就干。他们立马去逛一家大商店。二人挤在人流里边走边看。在各种各样新上市的冷饮柜前驻足了。两双眼睛都紧盯着那些高档饮料。季怀谷指着其中的一种说："就是它了。"

就在这个晚上，季怀谷和小米骑车走在马路上。二人的车后分别带了一大一小两个箱子。橘黄的路灯光裹着二人的身影。

在一幢高楼前，二人停下了车子。一人搬着一个沉甸甸的大箱子爬上了楼梯。季怀谷在前，小米在后。楼道里十分昏暗。季怀谷不时提醒后边的小米："小心点。"

在三楼一门前，季怀谷停下了："就这家。"

小米跟上来，放下箱子，做了一个深呼吸。掏出小手绢，擦汗。季怀谷按响了门铃。

一个保姆开了门。

保姆做了一个手势："请进吧。"

季怀谷和小米进到了客厅，放下了箱子。

这时，刘局长出来了。刘局长一下认出了他俩。

刘局长冷漠地打量着那两个箱子："搞什么名堂？"

季怀谷很谦恭地笑着："没什么，天这么热，降降温……"

刘局长立即打断他："请带走，我最讨厌这一手。"

刘局长立在客厅中间，丝毫没有让他们坐的意思。季怀谷和小米只有尴尬地立着。

季怀谷说："我们丝毫没有贿赂的意思。再说，我们这点东西也称不上，我们只是仰慕您的为人，敬佩您的人格。"

小米说："我们只是想来拜访你……"

刘局长不耐烦地说："好了，你们不是还为上次那件事吗，我再说一遍，我最讨厌坑蒙拐骗的把戏。你们不用再费心了，带着东西回去吧。"

刘局长的脸上没有一点通融的余地，屋里的空气凝固了。一时很静，静得叫人难堪。

季怀谷尴尬中带着笑意："我们丝毫没有坑蒙拐骗的意思。我对乡镇企业有很深的感情，我叔叔就是乡镇企业的头头，我理解他们，同情他们。我们完全是出于给他们出点子的心情，我给您好好谈谈，行吗？"

小米说："你主要还是不了解我们。"

刘局长说："我对你们这种人是太了解了。我和你们没有什么好谈的。" 然后转过头，朝里屋喊了一声："张嫂。"

张嫂出来了。

刘局长说："帮客人把东西搬下去。"

季怀谷和小米一脸无奈地望着要转身的刘局长。张嫂过来了，二话没说，就提着东西往楼下送。

季怀谷和小米再一次沮丧地走在回去的路上。

虽说沮丧，可季怀谷和小米还是没有丧失信心。他们俩在路上就商量开了。

季怀谷说："你看咱送这礼惹他恼，我保管找一个对他心思的礼，让他欢天喜地。对着他的心思来，他没有不吃的理。咱们还是没有找准礼物。"

小米说："就咱俩这点水平，咱怎么能猜准他的心思。"

季怀谷说："你不懂，小米，卑贱者最聪明，高贵者最愚蠢。”

他们一块来到了小米的屋。这是一间很破旧的平房小屋。

小米泡了一壶茶，然后他们俩一人倒了一杯，凑着一个小破茶几，脸对脸地瞅着喝。边喝边开始了新的计谋。

小米说：“我看刘局长这个人喜欢字画。”

季怀谷说：“怎么见得？”

小米说：“你没注意到他客厅里挂的全是字画吗？他要是不喜欢怎么会这样？”

季怀谷一拍脑门，说：“对了，我怎么没想到呢，肯定是了，他肯定是喜欢字画的了。”

季怀谷一下抓住小米的手，说：“你真了不起。聪明绝顶。”

小米说：“你先别急着奉承我。你先想想字画从哪里来？”

季怀谷说：“这好说，咱们托戴二买一幅就是。现在画家们都在卖画，这太容易了。”

小米说：“你得买一张刘局长喜欢的才行。买一张不喜欢的等于白送。”

季怀谷说：“那当然。这事交给戴二办就行。他知道现在谁的画最走红，当然不能买那种什么高更啊梵高啊什么的，且不说咱买不起，也买不到。咱所说的走红，也就是在咱市这个范围内有影响的本市画家。要是搞那种全国走红的，不但咱弄不起，刘局长也不敢要，他定不准还以为咱是从哪里贩来的呢，会起疑心的。让他怀疑咱就不好了。本市有名的画家，咱送时，可以胡编说画家是咱的表亲戚，咱向表亲戚要了一幅画送他，他收下也没什么大不了的。他也没有心理压力，咱也没有经济压力。大家都好。再说，他能收藏本市有名的画家的画，对他来说，这已是相当不错了。

挺长脸的。”

小米：“戴二肯干吗？”

季怀谷：“他怎么不干？咱让他买，又不是不给他钱。只是让他托托关系把价压低一点就行。再说事成后，还能少了他的？”

小米说：“也是。要不，咱们俩什么时候一块去？”

季怀谷说：“不用，你在家候着，我自己去办就成。”

几天以后，季怀谷就把画搞到手了。当他拿着画去敲小米的门时，那真是一脸喜色。

小米看着他手里的画，也是大喜过望。

季怀谷说：“这是当今本市最走红的画家的画，戴二真有办法，只花了三百块钱就买到了。在外边卖都得几千呐。”

小米说：“我听说标价是标了几千，可是没有人买。”

季怀谷说：“你别管有没有人买，标价高就证明了这画的价值、身份。”

小米不说话了。

季怀谷说：“我看咱们今晚上就行动吧。”

小米说：“咱要不要提前给刘局长打个电话说一声，免得去后招人讨厌。”

季怀谷说：“可不能打电话。打电话他再不让咱去怎么办？咱俩就猛不丁地闯他家，他不愿意也没办法。咱们把画展给他看。我就说这画家是我的表舅，表舅画一幅画是很轻松的。这是表舅特意为刘局长画的，他总不能驳表舅的面子吧。然后，我再把戴二给咱拟的征稿启事的意思大体给他说说。里边有很重要的一条，就是每个应征企业只收四百元钱。原来我们俩不是拟了个五百元吗，现在为了说通刘局长，咱就减到四百元。这样，刘局长就不会认为咱们是为了坑企业的钱了。现在四百元钱能干什么呀。”

小米说：“说起来也是，现在哪个企业都不会在乎这么点钱，连顿饭钱都不够。”

季怀谷说：“问题就在这里呀。企业一看，就这么点钱就能买个名，那谁不干呐。这样，凡是接到通知的企业没有不参加的吧。你想全省有多少乡镇企业呀，咱一个不漏地全把通知发到他们手上，如果回收率在百分之九十以上，那咱们可就发大了。我简直都不敢想像咱们马上就要发大财了，小米。”

小米也激动得脸上放着光：“别高兴得太早了，刘局长那一关还没通呢。”

季怀谷说：“我对他现在也比较有把握，只要让他弄通企业只拿四百元钱，他还有什么道理不通呢。不就是需要他那里盖个章吗，又不费他什么别的。”

小米想想说得有理。于是，两个人决定当晚就行动。

再说刘局长。刘局长自从和恋人小陈在辞职问题上闹了矛盾有了别扭后，心里一直不痛快。几次给小陈去电话，希望小陈的心理能有所改变。然而，小陈不仅没有改变，反而和他说话的口气是越来越坚定了。看来，小陈是铁了心了。

刘局长在百般无奈之际，只有生病了。自从妻子去世以后，小陈就成了他感情生活中的一个重要支撑。所以，和小陈这种感情上的不痛快，很快就反应到了他的生理上。他感冒发烧外加上气管炎。他一病之下，便卧床不起了。

小陈去看刘局长。恐怕这也是刘局长生病的内在原因吧：渴望有人关爱，渴望小陈主动体贴他。这种内在的渴望导致了他的病，也满足了他的愿望。小陈来看他，在他的病榻前真是无微不至。刘局长毕竟是五十多岁的人了，这种体贴对他真是比什么药都管用。刘局长望着小陈说，也可能我这个人太僵化了。小陈赶紧道，快别说了，等你好了后，咱们再谈。眼下，就一心一意养病。说着，小陈的手就握住了刘局长的手。

正在这时，有人敲门。小陈给刘局长使了个眼色，掖好了毯子，关好了刘局长的门。她便去开门了。一开门，是季怀谷和小米。小陈不认识他们，只好陌生地和他们点了点头，把他们请到了客厅的沙发上。

一坐下，小陈就问他们有什么事。

季怀谷一见小陈的态度就意会出是刘局长的女朋友，因此季怀谷就一股劲地给女主人谈了起来：

“我们《环境报》想为乡镇企业出一本书《乡镇企业名录》，想征得乡镇企业局的同意，和我们一块出。联手搞总比一家搞更好一些……”

小陈马上意会了：“那是。这是一件好事。”

季怀谷：“可是刘局长他不大理解我们这个举动……”

季怀谷：“主要是刘局长太正直了，他可能以为我们是为了赚乡镇企业的钱，其实我们一家企业只收四百元钱。大姐，你说这四百元钱对企业来说能算什么，连顿饭钱都不够。我们只是愿为他们做点事。为他们互相交流信息提供点服务。”

小陈理解地点着头：“我理解你们。可是刘局长今天病了，躺在床上发高烧……”

小米马上说：“那我们去看看他……”

小陈说：“不用，他刚刚服了药睡了。”

季怀谷说：“那我们这事就托付给大姐了，大姐一定帮我们说说刘局长，让他别误会我们。”

小陈说：“我一定会的。这本来就是件好事。乡镇企业局该感谢你们才对。你们别急，我想刘局长最终是会同意的。”

这时，季怀谷从包里拿出那幅画，交给了小陈：“大姐，这是我表舅专门为刘局长画的，请你收下。”

小陈点着头说：“好的，我替刘局长谢谢你。”

小米说：“那我们就不多打扰了。您忙吧。”

季怀谷和小米都站了起来。

小陈也站了起来说：“你看今天真不巧，赶上刘局长病了，等他好了，你们再来吧。他会同意的。”她很友好地看着他俩。

季怀谷和小米说：“太谢谢你了。我们走了，大姐。”

小陈把他们送到了门外。

季怀谷和小米这两个小人物一出大门，就兴奋地你一言我一语聊起来。他们觉得这一回算是找对了人。可谓老天有眼，帮了他们大忙。既然刘局长的恋人（他们俩一出大门就不约而同地判断小陈是刘局长的恋人，在这方面他们倒是眼尖）都收下了画，并支持他们目前的出书计划，那刘局长那里不是就很容易攻破吗。况且，出书这事又是对他们乡镇企业局有好处。再固执的老头也会同意的。这么想着，他们不由自主地对那即将到来的财运设计了起来。那天晚上两个人做梦的内容也都是这事儿。

一个星期后，季怀谷和小米再去见刘局长，刘局长的神情与说话的口气果然有了变化。

刘局长说："这事吧，你们先别急，我还得跟他们商量商量研究一下。"眼神极和善。

小米说："我们不急，我们只是想来看看您。"

季怀谷说："前些时知道您病了，我们很着急，心里很不安。"

刘局长说："我们这里有专门管宣传的同志，这事我得找他谈谈，听听他有什么看法。"

季怀谷说："您能这样说我们太高兴了。您这么忙还这么关心这事，真使我们激动。"

刘局长说："你们先回去吧。等过些天，我们这里研究出结果来再说吧。"

季怀谷说："我们不敢打扰您，您看什么时间能有个具体结果，我们再来找您。"

刘局长说："一个星期以后吧。现在好几个同志都在外地开会，一时还无法商量。"

季怀谷和小米站了起来，说："我们太感谢您了。一个星期后再见。"然后两双手便握住了刘局长的两只大手。

两人告辞出来了。

二人兴奋得满脸都是笑。

季怀谷说，没想到事情出奇地顺利，刘局长是多么听那位大姐的话啊，咱们俩跑细了腿不如那位大姐一句话管用。小米白了季怀谷一眼，那是自然。一副很懂的样子。

小米说："合该咱们俩要发财了。也是上天有眼，不能老让咱俩白忙活。"

季怀谷想起了他们俩合作以来常常跑细了腿依然两手空空的往事，就说："多亏了那位大姐，也就是刘局长的爱人。等事成后，咱俩得特别去谢谢她。也算是人家帮咱促成了这事，咱可不能当白眼狼。"

这两个小人物并不知道，就在那天小陈送走了他们之后，便去了刘局长的屋，和刘局长详细地谈了这件事。小陈就表示，她愿意搞这本书。她可以自己为主来编这本书，而且保证能编好。小陈说，这个创意太好了，正适合她。如果刘局长不愿意她辞职搞服装生意，她可以辞职专门干这一类的事儿，这确实比搞服装生意更挣钱也更有意思。小陈说，当季怀谷小米给她说这事时，她觉着，这真是上天专门派人来提示她，来帮助她和刘局长和好。反正她是不想在单位里干了，说什么也不想，挂靠在乡镇企业局，专门搞这一类的书为乡镇企业服务，又为自己创收，真是比什么都强。顺着这个思路，她左说右说，刘局长听着很顺耳也很有道理。她很快就把刘局长说笑了。刘局长一笑，那病就仿佛好了一半。而季怀谷和小米，他们费尽心思操作的这件事轻而易举地就被别人暗中接手。而这两个小人物还根本不知道自己的处境。两个人进行了一路的好运设计，回到小米的屋，便又开始反复推敲请戴二拟的那份征稿启事，并计划着给

那些乡镇企业发信，小米已经在信纸上列出了一个初步名单。

季怀谷和小米忙活了一个星期，便又去了乡镇企业局，去听刘局长的最后音信。然而，得到的回答是可以干，但主编得局里定。季怀谷和小米同意了。在二人的心里，只要能干，谁当主编都一样。反正有钱挣。

很快他们就知道主编是小陈。他们和小陈一起合作很愉快。忙活了大半年，一本书的稿件都拉来了。虽然在最后分红上，主编拿得最多。但季怀谷和小米也总算挣了一笔。

5

再见严冬

正当尉萌萌想念严冬的时候，严冬来到了这座城市。严冬大学毕业后，就跟着小迟到了她的家乡。从此以后，尉萌萌再也没有见到严冬。尉萌萌在小迟走的那天晚上，与严冬长谈了一次，正式提出与严冬分手。用尉萌萌的话说，“将严冬还给小迟”。虽然当时严冬很痛苦，但也无可奈何。毕业后，两个人再也没有联系。眼下，严冬重新回到了这座城市，第一件事就是向同学打听尉萌萌。并向同学申明，他已与小迟彻底分手了。同学很快将这一消息告诉了尉萌萌。

两个人再度相见。

严冬在这座城市的朋友们对严冬和尉萌萌的重归于好欣喜万分。以前不大来往的同学们也都为两个人的再度相拥聚到了一起。严冬在朋友们的帮助下，很快到了一家外资公司工作。工资挺高，自己租了一套房子。

尉萌萌这么快就有了新的男朋友，这使父母很操心。但这时候的尉萌萌已不愿意自己的父母干涉自己的私事，她已经与以前大不相同。她不再依赖父母。尤其再见严冬后，“女大外向”的特点在尉萌萌身上充分体现了出来。她严肃地对父母说，她自己的事情自己做主，爸爸妈妈不要再重复以往的做法。她是一只出窝的鸟了。爸爸妈妈只有对她的话干瞪眼。不过呢，事后想想，父母也都通了。女儿毕竟是大了，二十好几的人

了，也该这样了。这才是正常的人。于是，两个做家长的人经过一番讨论，决定放手。让女儿拥有自己的生活。他们以后再也不操心女儿的事了。他们向女儿做了保证。

蔚萌萌有时候晚上不回来，就住在了严冬那里，爸妈也不过问。因为他们曾经问过蔚萌萌，结果让蔚萌萌把他们批评了一通。蔚萌萌反问道，难道我天天形只影单你们就觉着正常吗？问得父母无言。

蔚萌萌与严冬正经历着激情。仿佛学生时代没有燃烧的情感两年之后在这里接续。在所有认识他们两个人的眼里，这是一段最美的爱情，是美女与王子的爱情。人人都羡慕不已。人们在祝福他们的时候，常常憧憬未来的一场盛大隆重的婚礼。有的人干脆就问，什么时候领证？严冬总是说，快了。真的快了。

背地里，朋友们就说，其实他们和结婚又有什么区别。

的确，严冬给了蔚萌萌自己房子的钥匙。蔚萌萌一下班，就回到了这所小房，充当起了女主人。在蔚萌萌的感觉里，严冬是她今生最想找的男人。除了严冬，她不会嫁第二个男人。当她从劫持她的男毒犯的眼神里看到了严冬的影子时，她一下子明白了她对严冬的感情。深觉自己当年不该“出让严冬”。就是从那个时候开始，她知道自己变了。

然而，世事的变化有时真是令人措手不及。而且，细想事情的起因都是非常奥妙的。有一晚，严冬一觉醒来，说他做了一梦。在梦里，他到了一个异域，一个非常吸引他的地方。他看尽了无限的风光，而且许多他从没去过的地方，他都很熟悉。按说，这个梦并没有什么了不起的悬疑，尉萌萌也没在意。可是，过了几天，严冬却冒出了一个非常荒唐的念头（在尉萌萌看来），他要去走世界，去看世界。

严冬对尉萌萌承认，他的这个念头是由于那个梦引起的。

严冬所谓的看世界，大约包括这么一些内容：走黄河，走长江，以及所有可能走的高山平原，江河湖海。而且如果有可能，他还要到世界各地去走走。一句话，他要看遍世界。他未经尉萌萌同意，自己辞了职。身边的朋友听说了他这个疯狂的念头后，都纷纷去劝说他。没有人赞成他这样发疯。大家都说，世界就是这个样子，就是我们身边的这个样子，走到天涯海角，也不过如此而已。你也老大不小了，怎么发起了小孩子一般的疯念头。的确，严冬和尉萌萌恋爱几经曲折，现在总算走到了一起，该有一个美好结局了。

然而，严冬的心意已定。没有人能劝说得了他。无论大家说什么，他都听着，但他就是不动摇。从他坚定的额头上看，这个念头仿佛已经在他脑子里几百年了似的。而尉萌萌，眼睛早就哭成了水蜜桃。

有几个平日和他很铁的哥们把他叫出来，对他说，你就是不为自己想，也得为萌萌想想，人家终于再次和你走到了一起，也到了结婚的年龄了，你又要去走世界。你要人家怎么办呢？人家的嫁妆都准备好了的。当初你一个劲地追求人家，好不容易追到了手，你又要去走什么鬼世界，你这都做的什么事啊。

严冬把眼睛看着远处的天空，只是一个劲地说，我知道，我知道。你们说的这些我都想过，我都知道。可是，我也没有办法，我就是想去看世界。我一点办法都没有。说着，他自己很是无奈地叹了一口气。他看着几

个铁哥们说，你们知道人在许多时候是管不了自己的，我真是管不了我自己了，只能由它了。

这时，有一个铁哥们心里就想，他八成是精神出问题了。要不怎么会病得这么严重。自己管不了自己，就是说，他有两个自己，那个想走世界的自己战胜了那个正常的自己。说起来，谁不想走世界，谁不想看看大自然每一处的风光，只是这念头不会疯狂到要抛弃眼前的所有现实罢了。再说，谁又能真正走遍世界，谁又能穷尽大自然的所有奥妙？且不要说穷尽，就是你能看到一些零星的碎片，那就相当不错了。世界的深奥，远不是个人所能探求的。看世界，能看到什么，不过是一些幼稚的狂妄罢了。

想到此，这位铁哥们就说，你该不是患了妄想狂了吧，想一鸣惊人？大家都在现实里庸碌地活着，只有你惊世骇俗，不同凡响。

严冬说，我要是真像你这么说的，那也就好了，起码有目的与意义。事实是，我什么都没有，我就是想出去走……

说着，他低下了头，一种说不清楚的复杂表情。

大家看着他这样，就觉着现实中所有的语言都显得那样无能为力。该说的他都知道他都想过，不该说的他心里也都知道也都想过，但他还是不能不去走……最后大家也只好劝他好自为之了。

严冬与尉萌萌的告别非常凄凉。严冬对尉萌萌说，他对不起她，但他没有办法。他如果不这样做，他就要疯了。

他实在是没有办法。他只有出去走。这一走，还不知要走多少年。尉萌萌哭着说，她等他。严冬说，那样他就更对不起她了，他真的不知道自己要走多少年。尉萌萌还是哭着说，她等他。严冬看着尉萌萌，他掉了泪。这是尉萌萌第一次看到他的眼泪。尉萌萌一直以为严冬是不会哭的。

严冬走了。

有人问尉萌萌，严冬要出去看世界的念头是不是很早就有了。尉萌萌说，以前从来没有听他说过，只是近一段时间，他经常给尉萌萌说他的梦。每每早晨醒来，他就给尉萌萌说，他又做了一个梦，都是在异域的一些生活镜头。严冬追求尉萌萌成功以后，两个人就经常住在一起。因此，尉萌萌常常是听他说梦的第一人。

大家就说，看来他的念头老早就有了。

也有的人说，他走一阵就回来了。一个人在外边有什么走头，他不过是兴起这一念头，没法遏制罢了。等着瞧吧，他不用到春节就回来了。这时正是初秋。

还有的人说，萌萌，你该怎么准备结婚用品还怎么准备，他春节一回，你们照样结婚。他这一回来，对外边再也没有想头了。也好。

尉萌萌听着大家的话，脸上只是凄凉。

严冬走后，跟朋友们就没有了音信。只是每去了一个新地方，就给尉萌萌来一个明信片，只写一两句话，告诉尉萌萌他到了哪里，看到了一些什么。朋友们想知道他的消息，都是到尉萌萌这里来，尉萌萌就把明信片拿出来，供大家参阅。阅后，大家就发一些议论，也通过这些议论，安慰尉萌萌。

严冬的朋友现在都成了尉萌萌的朋友。和严冬铁的，和尉萌萌也都铁。

严冬的朋友们有什么活动也都叫上尉萌萌，尤其是，有饭局有歌厅那样的场合，一定叫上尉萌萌。严冬的朋友们一致觉得，他们作为严冬的朋友，他们有义务有责任在这种时候和尉萌萌在一起，使尉萌萌体会到友情。

尉萌萌在歌厅或饭厅的卡拉 OK 中，唱的都是那些痛苦的、黯然神伤的歌曲。在严冬没有去“看世界”的时候，尉萌萌就常常唱这一类痛苦的流行歌，这些歌表达的是那种受着折磨、煎熬、情困的感情。她每每点这样的歌曲，严冬就不让她唱，严冬总是给她换一支欢快的歌曲，让她唱。可她就是不愿唱欢快的歌曲。她对严冬说，那些痛苦的歌曲唱起来有情味，有感觉，她喜欢。而且尤其愿意对着严冬唱。于是，严冬就说，她是一只痛苦的罐子。

现在她真成了一只痛苦的罐子了。她唱这些痛不欲生的歌曲，再也没有人阻止她，要给她换一支欢快的歌曲了。她完全能由着自己唱。于是，每每在这样唱歌的场合，她的痛苦总是溢满酒桌，连每一只杯子里的酒仿佛都荡漾着痛苦的情韵，令大家都体会到了某种痛苦的快感。甚至有一位朋友由于受了她的歌的启发，写了一篇散文《流行歌曲与精神痛苦》，在晚报上发表。顺便说一句，这篇作品在晚报的年度评奖中，得了个一等奖。奖金五百元。

一晃几个月过去了。尉萌萌除了收到严冬的几张明信片，又收到了他的一封信。拿信的时候，尉萌萌满怀激动。因为马上就要过年了，而严冬又是第一次给她写信（严冬一直没有给她写信，她能理解，他整日游走在荒漠与河边，哪里有条件写信），无意识中，她仿佛真觉得他要回家了似的，正像每一个女人盼望着自己的男人回家过年一样。她颤抖着手，拆开了信，然而，信里却没有她无意识中幻想的内容。

严冬在信里告诉她，他现在已来到了某大沙漠，这是他向往已久的，壮观极了。接着他用了一页的篇幅描写了大漠的景象。最后告诉她，他在大漠的边缘，找到了几户人家，他准备在那里过年。所谓在那里过年，也不过是看看大漠人家是怎样过春节的。看过以后，他就走。

丝毫没有想回家的内容，甚至没有过问家里的情况。没有过问尉萌萌怎么过年。朋友所说的过几个月他就走够了的话，简直成了痴人说梦。严冬完全沉浸在他自己的游走中。没有别人。

凭着本能、直觉，尉萌萌觉得严冬很快乐。

尉萌萌再一次掉下了眼泪。

过年了，别人家的快乐，成了点缀尉萌萌痛苦的一景。

尉萌萌在大年三十晚上，假意和父母快乐了几个小时后，便来到了自己的房间。独自坐在床上，听着那些痛苦的、折磨人的流行歌曲，流泪。而且，她一边听着这些痛苦的录音，嗓子还一边哼哼着唱。看上去，景象特别凄凉。这痛苦的一景，也许在大年三十的这座城市里，再也难以找到。可谓一枝独秀。

只是缺少欣赏者。别人都那么热衷于过年，以致于漏掉了许多独树一帜的东西。连严冬的朋友们，在大年三十也都是缩在自己的家里，因此没有看到尉萌萌痛苦的一幕。

只是在春节过后，严冬的朋友们才知道了尉萌萌没有过好春节，大

家心里都非常难过。于是,有的人就说,严冬这个家伙既然这样发疯,脱离常轨,倒不如干脆和他一刀两断,另觅新欢。要是他出去疯一阵,也就罢了,他居然越疯越有劲,越疯越来精神,那就不可容忍了。谁知道他能疯多久,尉萌萌也过了二十五岁了,总不能老这么等下去吧。

大家也都觉着是个问题。

然而,尉萌萌却没有一点动摇。她对朋友们说,既然严冬自己选择了走四方,我尊重他的选择。我也不会因此而和他分手。说着,她就把头低了下来,声音相应地也低了几分。她又说,再说,感情的事儿,也不是那么说断就断的。有时恰恰相反。越是看不见,情感越是深。说着,一种亮晶晶的东西在眼里闪烁。她垂下了眼睛,一滴泪水悄无声息地溢出眼眶。

朋友们便都不说话了。关于分手这个议题就此休止。

最后,大家都说,有什么事儿,尽管对大家说,千万别不好意思。大家都是严冬的朋友,也就是你萌萌的朋友。一定不要见外。

尉萌萌感谢了大家。大家走了以后,尉萌萌就一个人坐着。仿佛自己都不意识似的,她哼起了《哭沙》。

“风吹来的沙,穿过所有的记忆。谁都知道我在等你。”尉萌萌尽管哼得声音很小,但情感非常凄婉动人。的确,谁都知道(起码认识她和严冬的人)她在等严冬。

冬去春来。春去冬来。一晃一年又过去了。

朋友们所盼望的严冬早些回归的念头，随着时间的流逝，也变得越来越渺茫了。严冬仿佛永远也走不完似的（世界之大，的确一个人怎么能走得完），去了这处，又去那处。不仅祖国的江河山川全在他的计划之内，就连外国的大江大河也列入了他的计划表里。何处是归途？对于严冬，朋友们只有感叹，他踏上的是一条不归路。他倒是饱了眼福，只是害苦了尉萌萌。

严冬以前最铁的一个哥们就私下里说，尉萌萌也怪了，等他干吗？他既然扔下你，自己去走世界，你还在这儿等他，那不显得太可笑了吗。尉萌萌人长得那么漂亮，找谁不行。另一位也说，人有时就是这样，越是不可能，越来劲。

在这一年里，尉萌萌收到的依然是严冬的一些明信片。尉萌萌都一张一张地把它们摞在一起。闲时，就拿出来看。看明信片，就成了尉萌萌生活中的一个重要组成部分。尉萌萌现在的生活和这些明信片息息相关。

有一天，一个朋友发现，尉萌萌晚上在夜总会唱歌。而且唱得都是那些非常痛苦的流行歌曲。这位朋友知道，这些痛苦的流行歌曲，在严冬和尉萌萌在一起的日子里，尉萌萌点歌时几次要唱，都被严冬给她换成了快乐的歌曲。现在她终于可以尽情地“痛苦”了。的确，她唱这些痛苦的歌曲，那音调仿佛都是从骨子里发出来的，令谁听了都会心动。再也不会有一个严冬在她身边阻止她唱这些痛苦的歌了。

于是，严冬的朋友们很快就都知道了尉萌萌晚上去夜总会唱歌的事儿。有的说，尉萌萌是为了挣些钱；有的说，尉萌萌是为了扩大交往；也有的说，尉萌萌是因为苦闷。有一天，朋友们约好了去看尉萌萌，说起夜总

会唱歌一事，尉萌萌说，她什么都不为，她不缺钱，也不苦闷，更不缺少交往。她只是需要。她只是想这样她就这样了。

后来，朋友们就经常传递着“尉萌萌又在夜总会唱某支歌（当然是那些痛苦的歌）”的消息了。

尉萌萌唱歌表现出来的确实是一种真痛苦。身临其境的人都啧啧感叹。一位年轻的心理学家在夜总会被她这种“真痛苦”吸引，就和她交往开了。后来，他就知道了严冬的事儿。这位心理学家就觉得，这件事不值得一个女人这样痛苦。很好解决。于是，这位心理学家尖锐地指出，尉萌萌的痛苦，完全来源于她内在深处的一种病态。她喜欢痛苦，也喜欢幻想那些痛苦。这些痛苦能使她得到满足。这是一种不健康的情感。

尉萌萌开始极力抗拒，说心理学家有职业病。开口闭口谈“病态”，仿佛世界到处都是病态，就是不想一想自己的这种行为是不是病态。对于尉萌萌的攻击，心理学家并不恼，他说尉萌萌说得对，他可能也是病态。他老早就怀疑自己了。然后，他就和尉萌萌共同探讨人类的一些行为，分析这些行为的动机、内驱力等。尉萌萌慢慢地也来了兴趣。她也悄悄地开始反省自己的一些行为。于是，两个人的交往自然就多了起来。在和心理学家交往的这段时间里，尉萌萌没有去夜总会唱歌。

严冬的朋友们知道了尉萌萌和心理学家的交往后，都为尉萌萌高兴。大家都说，心理学家单身，又有学问，社会地位也不错，一切都不比严冬那小子差。尉萌萌和心理学家才是真正的一对呢。

后来，朋友们在尉萌萌面前就把这种意思隐隐约约地向尉萌萌吐露过。尉萌萌就说，她和心理学家只是个普通朋友，根本没有别的。她的心还是在严冬身上。朋友们就说，严冬还不知什么时候能回呢，等他没什么意义。倒是不如和心理学家现实。

尉萌萌就说，感情的事儿从来就不是以是否现实来界定的。如果和谁现实就能和谁好，那太容易了。

尉萌萌说得没错。听了她的话，大家也就都无言。只有一位一向爱直言不讳的家伙嘟噜了这样一句话：不考虑现实，就是不爱惜自己。

不过，令大家欣慰的是，尽管尉萌萌声明和心理学家只是个普通朋友，但她和心理学家的交往还是挺频繁的。并且，这种交往代替了她去歌厅唱歌。夜里，她和心理学家经常在一起畅谈心理问题。心理学家很会结合实际，常常是把他自己和尉萌萌都结合到理论当中，使尉萌萌学到了以前许多自己不曾接触到的话题。比如，心理学家说，有一种人喜欢痛苦甚于喜欢幸福，总是下意识地去寻找那些痛苦。尉萌萌就问为什么。在尉萌萌看来，这是不可能的，人人都在避免痛苦，恐惧痛苦，怎么会下意识地去找痛苦呢，这是没有道理的。只是人生多艰，痛苦是必然的，每一个人都必须学会承受痛苦罢了。心理学家说，其实不然，对许多人而言，痛苦中有快乐，痛苦中有滋味。至于人为什么会形成这种心理机制，原因是多方面的。不是一言能尽的。就说你吧。这时，心理学家就拿尉萌萌当靶子，你为什么老是爱唱那些痛苦的流行歌曲呢，是由于喜欢。为什么喜欢呢，觉着有情韵，有感觉，过瘾。而许多人为什么愿听呢，大约也出于同样的原因。你不觉着这里边有什么问题吗？

心理学家亲切地看着尉萌萌，使得尉萌萌不由得回思自己。但她的回思总是走不太远，就停了下来。她对心理学家说，其实也没什么，不过是唱支歌而已，真的没有你想得那么严重。心理学家这时总是笑着摇摇头，说，人就是这样，没有人真正地愿去改变自己。所以，重塑自我，往往是一句空话。

虽然两个人往往无法就着一个问题谈得很深，也无法取得一致，但两个人还是很愿在一起谈。两个人把闲暇时间都交给了对方，共同的消闲，使时间过得很快。

不知不觉，秋天又悄然而至。

现在，我们来看看严冬。

这是严冬出去走世界所经历的第三个秋天了。他满脸风霜，但心情快乐。他不断地走，不断地计划，因此他的走就显得永无止境。人生太短，世界太大，他确实有走不完的感觉，因此，他总是想着加快步伐。他从走出去以后，他就从来没有想着自己会停下来，他也不相信自己会停下来。而且，大自然的一切又是那样令他着迷，他已经身不由己了。他只有走。今生就这么一直走下去。

然而，想不到的是，当他走到崇山峻岭中的一个小寨子时，奇怪的事情发生了。

那是个上午，阳光灿烂，他刚刚进入这个半山坡中的小寨子，他的眼光就被一个女人留住了。女人正在洗菜，阳光在她油亮的发上跳跃，她的脸偏向着阳光，她的袖管挽得长长的，浑圆的胳膊裸露着，五个手指浸在水里。她面部的表情非常平静，或者说，没有表情，静得没有表情。这张静得没有表情的脸，一下子挽住了他的视线，生命就在那一刻发生了变化。

那是一种怎样的变化呢？

他真是说不清楚。他走近了这个女人，这是个高山族的女人，长年生活在这里。他蹲在这个女人面前，心里是那样的安慰，那样的宁静。四周的群山包裹着他们，他蹲在这里，他有了一种回家的感觉。就是从那一刻起，他意识到，他到家了。他再也不想走了。

那么多的计划，那么多的畅想，就在这个崇山峻岭的小寨子里，停止了。

一个人找到了家，就再也不想走了。

谁能理解这种事？就连他自己也不理解。

然而，他觉着自己到了家。

他蹲在这个女人面前，解下了自己的背囊。心，松懈了，好像和什么东西融为了一体。他知道，他再也走不出这个小寨子了。

生命，旅行到了这里，安顿了。

所有走的冲动，所有那些看世界的畅想，都跑到了哪里？为什么他一点也抓不住它们了呢？好像它们都散在了空气里，变成了星星点点的令人看不见摸不着的一些东西了。他在这个高山族的女人面前，看到了属于自己的家。

于是，他朦朦胧胧地想起了他早先曾多次做过的梦：他在异域里，在一个令他完全陌生的地方，看到了一所令他着迷的小房子……

他对自己能有什么办法呢，他对尉萌萌能说什么呢？想起尉萌萌，他有一种无言以对的感觉。他只有不断地对自己摇头。在他记忆的目光中，那仿佛是很久以前的一个什么故事，再也无法和他的现实吻合了。事情只发生在一刹那，只发生在那一刻，然而，却是一道分界线，把他和尉萌萌清清楚楚地分隔在两边。眨眼间，他已经走进了一个不同的人生里。这就是我们所不知道的上帝的意志。他好像一下子对神意有了一种心领神会的体悟。严冬在那个午后的阳光里想，我们对神秘的生命到底知道多少呢，简直可以说一无所知。

对尉萌萌保持沉默，也许是严冬惟一的选择。

于是，尉萌萌许久没有收到严冬的明信片了。

可是，严冬终究要对一个人说点什么。

他想起了他的一个铁哥们。他给这个铁哥们写了一封信。他这封信写得很短，但内容却很充实。他说，他现在已经决定不走了。他在崇山峻岭中找到了家。他有了自己的女人。请告诉尉萌萌。从此以后，尉萌萌不会再收到他的明信片了。

这位铁哥们收到了信，惊讶与不解自不待言。这封信，很快就在严冬的朋友们中传得皱巴巴。大家莫名其妙之下，都在思量着怎么给尉萌萌说。当然是以最小限度地减少尉萌萌的痛苦为目的。大家先是想起了许多伪饰的话，以掩盖事情的真实性与残酷成分。然而，当这些伪饰的话已经编排得整整齐齐后，有位朋友提出了问题：为什么要如此呢？这到底有什么意义？对于尉萌萌而言，难道不是越残酷越真实越好吗？还有什么能比残酷与真实更能唤醒尉萌萌的？我们不是为救萌萌的吗？

的确，为什么要对真相粉饰呢？大家又纷纷掉转话头，改换方向。觉得真相更能快速地叫尉萌萌回头。于是，大家决定一起到尉萌萌那里，趁着人多势众，使尉萌萌一下子回到朋友的温暖圈子里，从朋友中汲取感情的营养，切断与严冬的苦恋情结。瞬间回头，不留后患。

朋友们来到了尉萌萌的住处。

刚巧心理学家在尉萌萌这里。朋友们一见心理学家在这里，每个人心里都长舒了一口气。不用说，在朋友们的无意识区域里，都活跃着这样的念头：有心理学家和尉萌萌在一起，严冬的事儿对尉萌萌将构不成什么了不起的伤害与打击。毕竟，严冬走了已经两年了，等待的滋味也应该尝够了。尉萌萌也应该有自己的生活了。而且，还有一个心理学家来到了她的生活里。严冬的离去定不准正是时候。有了无意识区域的这一番活动，朋友们的心情也都开朗了起来。大家都和心理学家热情地寒暄了起来。寒暄到了一定的分寸，心理学家便起身告辞。以便让出时间让朋友们和尉萌萌一起议论严冬。心理学家知道，这是尉萌萌和严冬的朋友们见面时的一个必有节目。

心理学家走后，有一个朋友立马就说起了严冬的信。目的当然是为了否定严冬称赞心理学家。然而，尉萌萌听说了严冬的信，眼神立即呆愣了起来，仿佛陷进了某一种感觉里。大家都看着她。她脸上的表情由喜悦（心理学家在时的情绪）而凝滞而悲伤，慢慢地，眼泪流了出来。她仿佛再也听不进任何一句话，一心一意地任眼泪一串一串地往下流。

看着她这样，朋友们你一言我一语地开始了劝说。严冬到底有什么呢，并且已经走了两年了，就算他不来这封信，尉萌萌也应该主动和他分手。他走世界这个行为本身就是对尉萌萌的不负责任，对爱情的不负责

任。目前他又和一个什么高山族的女人混到了一起，在那样一个鬼才晓得的山寨里，简直就是一个精神病。这时，有朋友就对严冬骂开了：严冬不是一个什么好东西，他根本就不值得尉萌萌爱他，心理学家比他强一百倍。为他掉眼泪，实在不值得。当然，如果是因当初和他好过而后悔掉泪，那倒可以理解。这时，尉萌萌擦了擦还在不断流着的眼泪说，你们不要骂他，他没有错。我也从来没有后悔，永远也不会后悔。说着，她的眼泪流得更汹涌了，你们永远不要在我面前骂他，永远不要。你们不理解我……她双手捂着脸，一下子哭出了声。

朋友们看着她捂着脸的悲伤动作，都愣着不说话。

尉萌萌的哭是压抑的，而且显然是竭力让那声音不往外流泄，让它哽在嗓子眼。这就更让人觉出了某种痛苦的深度。大家都很难受。

有人为了排解心中的难受，就对她说，别这样，千万别这样。保重身体。其他人也就跟着附和，就是就是。尉萌萌哭着对大家说，你们都走吧，我需要自己呆一会儿。大家开始是没动，后来便都站了起来。尉萌萌再一次对大家说，我需要自己呆一会儿。大家这才悄悄地走出了她的小屋。

朋友们走在马路上，便都开始了猜测与议论。对尉萌萌的情感，大家都一致表示，不能理解。为什么呢，真的，到底为什么呢？

后来，有朋友又到尉萌萌那里去看望她。尉萌萌再也不提严冬一句，看上去情绪非常忧郁。无论和她说什么，也无法改变她忧郁的面孔。仿佛她从此和欢快和明朗告别了。她好像完全走进了另一个感情境地。

有好心的朋友去找心理学家。心理学家说，从那次和大家见面后，尉萌萌就再也不和他交往了。他去找过尉萌萌几次，尉萌萌都借故拒绝了他。尉萌萌是立意不和他交往了，但他一直不知道为什么。尉萌萌什么也不给他说。后来他也就把尉萌萌给放下了。有朋友就告诉了心理学家严冬决绝的信。心理学家听后沉思了一会儿，说，也许这就是原因了。可是为什么呢？严冬已经和尉萌萌决绝了，已经在鬼才知道的山寨里停下了，永远也不会和尉萌萌有什么了。而尉萌萌却在这个时候拒绝了心理学家的友谊，或者说是某种有可能得到进一步发展的感情关系，这不是很奇怪的事吗？

心理学家低沉着声音说，是奇怪。然后，便再也不说什么了。

再后来，朋友们就发现尉萌萌又到夜总会唱歌了。而且唱的全都是那些痛苦得叫人颤栗的流行歌曲。她每天晚上都去夜总会唱。没有一支歌是不痛苦的。她唱得非常投入。再也没有一个严冬去阻止她唱这种痛苦的歌了。

再后来，她便辞了职。专职去唱这种痛苦的歌。

歌声伴着盈盈的泪水（当然永远也滴不下来，一直随着痛苦的歌声在眼眶里转动），成了她的职业。

DuJiaoShou

带刺的玫瑰

5

98–99

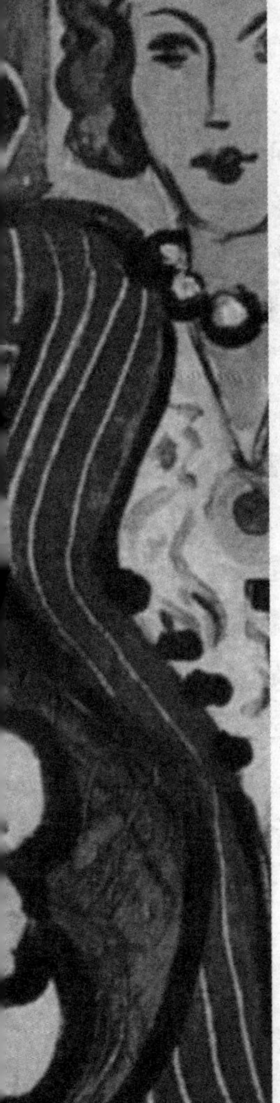

小芳情结

在尉萌萌的生活发生变化的时候，季怀谷的生活也正发生着变化。这两个人真是天生有缘，总是你变我也变。变来变去，最终是要变到一起的。可是，在那个结局没有出现以前，谁又能知道等待自己的前景是什么呢？每个人都是一步一步走向一个目的地的，而每迈出一步，都经历着许多的痛苦、无奈。

按说，季怀谷和小米跟着小陈编书，是很挣钱的一个活。两个人既然已经编了第一本书，有了经验，再干，就轻车熟路了。小陈虽说拿的钱最多，可小陈也不亏待他们两个。季怀谷和小米也深知，若是没有小陈，他们也编不成书。有了小陈，他们就算是攀上了一棵大树，谁都知道，大树底下好乘凉。他们后来又编了几本书，都是很挣钱的。可是，季怀谷却不肯安分。用小米的话说，眼前明明是金光大道，他却偏不走。他一定要往荆棘丛里钻。这真叫小米气不打一处来，可又毫无办法。一个人当他铁了心要做什么时，那是谁也没有办法的事儿。说起来，小米好像早就发现了端倪。

事情是从《小芳》开始的。

作为一首流行歌曲，季怀谷的喜欢是不是有点过了头？

小米每逢和季怀谷一起参加晚会或别的什么聚会，季怀谷就要唱这支歌。只是唱歌倒也没什么，关键是季怀谷那种感情的投入，让小米受不了。他像是真的找到了小芳，那嗓音，那眼神，让小米心里很不受用。她感觉出了一种危险，一种莫名其妙的不安全感。

小米也深知，季怀谷的大哥曾经在农村下过乡，并且真有一个小芳。只是大哥和小芳正好得难舍难分时，患上了疟疾。谁也没有想到这种病竟然要了大哥的命。季怀谷多次给小米说过，要不是农村医疗条件差，耽误了治疗的最佳时机，大哥是不会丧命的。大哥死后，小芳哭得不省人事。场面很凄惨。季怀谷受大哥的影响很深。虽然如此，他唱起《小芳》来，那份投入，那份执迷，依然使小米觉出了某种特别的东西。

季怀谷常常给小米说，《小芳》这首歌就像是给大哥写的似的。小米从季怀谷的言谈中，隐约地感觉到，季怀谷对大哥不仅敬佩，还有对大哥当年处境的羡慕。也许这正是小米常觉不安的深层原因。季怀谷虽然在这个时代里能凭自己的才能发家致富，可他骨子里却觉着大哥的时代才能更让人体会出一种生存的滋味，一种彻底的浪漫。他在给小米谈着这一切时，眼神是那么向往。小米从他的眼神里觉出了某种可怕。

真是怕鬼有鬼在。有一天，季怀谷在朋友的聚会上深情地唱完了《小芳》后，他突然说，我想到农村开荒去。朋友们只当他说笑话，只有小米觉出了这话的沉甸甸。有的朋友还给季怀谷回话道，你去呀，我们举双手支持你去开荒。

谁知道，就在那一晚上回来后，季怀谷就郑重地对小米说，我确实想去承包一片荒山，这念头在我心里涌动许久了。

我们知道，季怀谷和小米打从跟着小陈搞《乡镇企业名录》掘了第一桶金后，又搞了几本更赚钱的书。现在，腰包也鼓了起来。是不是正因此，一些念头也多了起来？用小米的话说，男人不能太有钱，钱一多，就生事。眼下，小米已经看出了季怀谷的怪念头整日在心里蠢蠢欲动。

小米说，你又没有这方面的经验，你除了小时候跟着大哥到乡下呆了五天，何曾到过农村，再说，现在农村已经没有小芳了。

季怀谷说，你看你想到哪里去了。我哪能傻到去找小芳的地步。我只是一直有这样的想法，不知为什么。而且这想法很强烈。我想去尝试一下。我虽然不会农活，但我可以雇一些当地的庄稼把式开荒能手给我干活。我只管宏观控制。

但小米还是坚决反对。她找出了一百个反对的理由。可季怀谷能把这一百个理由一一解构，小米从他的解构中，深知他心意的不可动摇。小米只有在心里感叹：都是小芳惹的祸。

莫非是两个人的情缘到了头，所以，才遇到了“开荒”这一事？但无论是不是命运的安排，小米都想争一把。小米苦口婆心，好话说了一火车说不动他铁石心肠。

季怀谷顶着小米的坚决阻挠，离开了小米。

季怀谷到了哥哥当年下乡的五崮岭，包了一片荒山。

现在，季怀谷在这座荒山坡上走来走去。他不是在乱走，他是在用脚丈量着什么。他一边走，一边自己点头。仿佛在精确地算计着什么。他的

确是在算计。在山脚下，有几个老农用手打着眼罩（为了避开毒辣的太阳），张着嘴巴在向上看。他们以打量异类的神情在打量着季怀谷，他们当然谁也没有认出季怀谷是何许人也。季怀谷的目光始终没有朝向他们，他只是在看着并算计着自己脚下的土地。

小米一个人留在城里，不能自控地苦思这件事的前因后果。

小米深知，一般男人都有王子情结。因此，《小芳》这首歌永远会在一些男人心底吟唱。小芳，作为一个农村女孩子，她生活在某种相对贫困的环境里，永远的劳作，仿佛是她的命运。她什么都没有，她只有善良，只有忍让，只有真情。于是，她就成了一些具有王子情结的落难男人寄托自己情怀的偶像。

"文革"使得许多王子落难，遇上了小芳。小芳这个底层女子，给了"落难王子"以关爱以真情。"王子"的劫难结束，回到了城市（王宫），小芳自然还留在底层。留给"王子"的只有对小芳这个女孩永远的怀念。城市（王宫）并不时时如意，因此，《小芳》也就时时在心底吟唱。小芳，也就成了一个永远的情结，令"王子"们多少次"回头看看走过的路"，小芳站在小路旁。

《小芳》这首歌，能够在一个时期唱红，也正是因为暗合了男人的这种心态。

有时候，他们确实爱上了一个地位比自己低下得多的女孩，顶着各种压力和这个女孩结婚；有时候，他们没有这样做，但是，他们心里却都有这么一个女孩，占据着他们的一部分情感。他们需要这份"占据"，没有这份"占据"，他们心里就不完整似的，这一类人都是需要一个"小芳"的。有"小芳"在，他们就能体认那种"王子"的感觉和心态。所以，《小芳》这首歌曾一度唱遍大江南北，确实是有着深刻的社会原因的。

再看看卡拉 OK 歌厅里，男人们是多么愿点《小芳》这首歌，而且唱起来是多么地带感情。从这里，女人们对男人的情怀会有一种切实的感受。

生活中，小米也经常见到这类具有王子情结的男人，向她倾诉他们深藏在心底的对一个贫苦女孩的感情，无论这个当初被他们的家人拒绝的女孩，现在和他离着多么遥远，他们依然对这女孩一往情深。而对眼前的富贵妻子，却情感冷淡。虽然妻子对他非常体贴，却无论如何也唤不醒他的深情。因为他的深情被那个贫困女孩占据了，王子情结妨碍了他。

男人们对做王子的向往，有如女人们对做白雪公主的向往，他们即使在现实当中做不成王子和白雪公主，他们也要在幻想中做成。

这一份幻想阻碍了男人的现实感。因此，这一类具有王子情结的男人，面对现实，总是不能如愿，王子情结阻碍了他们通向现实的路。

季怀谷是这样的吗？

小米回忆了与季怀谷这几年的风风雨雨，最后想到了《小芳》这首歌。不用说，季怀谷是喜欢《小芳》这首歌的，逢有卡拉 OK 的场合，《小芳》总是他的"保留曲目"，而且他确实唱得有声有色，令听者大为赞叹。

季怀谷虽然脑子里闪着“小芳”,可小米并不真的相信季怀谷的心里有一个小芳。原因很简单,就算当初季怀谷的大哥在农村有一个小芳，现在也早是一个半大老太太。对季怀谷而言,压根就不曾真接触过这么一个小芳,所以,小芳对季怀谷不具有现实意义。现实中的小芳是不存在了,可是意念中的小芳呢?

小米还记得季怀谷决定要走的那晚上,小米再一次跟他谈到了小芳。季怀谷一口否定:哪里有小芳。不仅现在脑子里没有,就是以后也不会有。不过,如果开荒的时候,真的有了这么一个人,也许倒是一件挺好的事儿。说着,季怀谷就笑。

那为什么要去承包荒山呢?而且要去大哥下乡时的五崮岭?

这的确是一个问题。而且不管季怀谷给出怎样的理由,都是不能让小米相信的。因为那些理由在小米眼里都不具有真实性。

小米开始向人类内心的深处开掘。

小米从小就是一个爱对事情追根问底的孩子。她常常把大人问得哑口无言。对于她这样的孩子,十万个为什么是远远不够的。大了以后，她的这个禀性不仅没有变,相反,随着知识的加深,还变得更加难以满足。她脑子里整天转动的都是事情的究竟。眼下,季怀谷的问题,简直就是对她发问机制的进一步激活。

她设想出了这样一种场面：季怀谷在秋天的山林里（当然是经过他自己苦干几年的结果），躺在一棵大树下，一个年轻的“小芳”来给他送饭。小芳美丽，善良，清纯，贫穷，除了爱情，她什么都没有。可是，这个时候的季怀谷，除了爱情，什么都有。两个人意味深长地看着对方（甚至，通过两个人的眼神，小米还看到了罗切斯特与简爱），小芳默默地低下头，掀开她的篮子，一样一样地拿出她带来的小菜，其中有季怀谷最爱吃的腌韭菜花（就是在城里，季怀谷也经常嚷着小米给他腌韭菜花）。农家小菜都拿出来后，小芳又默默地将一双筷子送到了季怀谷的手上。就在这个时候，两个人的手指头碰到了一起……

想到这里，连小米自己都有些激动。于是，她没有再往下想。

现在，小米理解的小芳已不只是那首被唱响的王子情结的歌。而是季怀谷心里一个最深的向往。因了这个向往，季怀谷的开山行为才算有了依托。

是的，小芳现在并不存在，她存在在未来的一个时刻里。小米看着未来的小芳，好像一下子明白了自己。

据季怀谷的父母讲，季怀谷在过周岁生日时，他爷爷奶奶按照家族传下的习惯，弄了一桌子各类样品，让他“抓举”，以确定这孩子未来的走向。这孩子先是抓了一些土，而且还往嘴里放；然后，便抓了一个树枝。再后来，便什么都不肯抓。因为是城里孩子，所以，家里人都不肯相信这孩子以后会和土地有瓜葛。因为按照爷爷的解释，先抓什么，就意味着这孩子以后会干什么。见他先抓土，大家都说“不准不准”。爷爷也乐呵呵地说，是不准。这孩子应该先抓笔嘛（意味着未来是个知识分子）。

季怀谷只是在大哥下乡时闹着要跟大哥到农村，结果大哥就当玩似

的带着他到村里待了五天，以后再也没有去过农村。他自己也从来没觉得他在这方面有什么欲望。说来奇怪，也是由于梦给了他一个点醒。他常做梦，这梦老是和一片荒山连在一起，而且每每醒来他都能记着这些荒山梦。他有时说给小米听，有时自己琢磨。直到有一天，他自己都无意识地说出了他要到五崮岭承包荒山后，他好像意识到了自己的欲望。这欲望是什么呢？

季怀谷有一种“栽种欲”和“成活欲”，只是他自己并不晓得。他从小就愿到城市的山上撒种子，然后，自己再跑去看活没活。而且他对种子总是有着一种特殊的兴趣。无论他在哪里见到有卖种子的，他总是用自己在家里获得的零花钱悄悄地买上包种子，然后，在一个别人都不知道的时间里，偷偷地跑出去，到城市的山上，找一片人们看不见的松柏间，悄悄地挖窝，悄悄地往窝里埋种子。过一段时间，他就会去看看这种子发没发芽。当他见到无论哪一类种子发芽冒出地面时，他心里就偷偷地乐。他从小就不让自己的这种乐溢于言表。仿佛在无意识中，他已知道人们不喜欢他这样干。所以，他的“栽种欲”和“成活欲”似乎从来都是一种违禁行为。他的意识也从来没有理会这种深埋心底的欲望。这欲望也就成了一座沉默的火山，它总在寻机爆发。

当他突然说出他要去承包荒山时，不仅是小米，就连他自己都感到惊讶。

应该说，直到这时，他也没有想起他自小就有的那种栽种欲。

他把那一切都忘记了，不是因为别的，仅只是因为习惯。凡是他偷偷摸摸地干的事儿（也就是大人不欣赏他干的事儿），他的意识总是随着这个“偷摸”举动的完成而顺便就把它排除了，因为意识不接受这种令大人不高兴的事儿。所以，当他想去承包荒山时，他的正面意识没有向他展现他儿时就有的这一切。不仅如此，他自己也在寻找他为什么会有这样的念头。

他在给小米叙述所谓开发荒山是一个多么宏伟的事业时，不仅小米觉着他这是在扯淡，连他自己也这么认为。为什么非要去开发荒山，如果没有特殊原因，令谁能相信？

小米因为与小芳在未来的时刻相会了，因此，她深觉自己已经洞晓了季怀谷这一想法的秘密。现在，她只渴望着给季怀谷当面揭出来。不为别的，她要叫季怀谷认识自己从而改正自己，回到“正确”的人生路线上来。

小芳，作为一种怀旧情感是可以存在的；但如果又想构制新的现实来谱写小芳续篇那可是走进了人生的误区。

小米在一个夜晚打通了季怀谷的电话，说，我终于明白了你为什么要到五崮岭了。

季怀谷惊讶地在电话那头问，为什么呢？你告诉我。

小米说，你有一个梦想。这个梦想便是，在秋天的山林里，再一次遇见小芳。因为只有到了农村，到了五崮岭，你才可能进入这样一种生活情景：你是一座山的主人，这里，有一片一片的树林，而你就是这片树林里的贵族。穷家姑娘小芳，天天在山下仰望着你，后来就走进了你的生活。

你虽已走进了人生的夏天，可徜徉在生命春天的小芳却对你一往情深。就像罗彻斯特与简爱。你既有一种春夏恋情结，又有一种王子心态。在小芳面前，你是什么？难道你不是城里来的王子吗？

小米觉着与自己同床共枕了许多岁月的季怀谷，脑子里原是锁着一些不能见人的浪漫故事。而且自己准备演练了。

小米说完以后，就紧紧地竖着耳朵，她想听听季怀谷对此要说什么。

可许久电话那头没有声音。

在这不说话的当刻，季怀谷心里却在想：难道这是真的吗？小米描绘的那一幕情景真的会在未来出现吗？而且，他是不是真的因为这个？

一想到他躺在大树中间，有一个年轻姑娘来给他送饭，他确实感觉很特别。应该说，季怀谷是被这个画面迷住了，一个男人，一个青春女孩（而且是个穷女孩），他们都在山里，在绿树林中。这里当然有一个通常所说的美丽的故事，而季怀谷不知道，他恰恰不是这个故事的主人。

然而，就在这一刻，他却误会了自己。他以为他是，或者也许是。

小米对未来的想像，感染了季怀谷。因为他本来就不了解自己，因此，小米的了解就仿佛是他的了解，小米的想像就好似是他的想像。而且，他为未来的自己能有这么浪漫而生出一种说不出的悄悄激动。

他压下自己的激动，对小米说，我只是喜欢荒山，老是想它。剩下的，他便吞吐起来，好像他真有了什么对不起她的念头。从电话里可以听出来，他的神情比较尴尬、惭愧，嗓音也变得暧昧起来。

小米全听在了耳里，意会在心里。于是宽容地说，每个人都只能去完成他自己。你好自为之吧。

一向喜欢追问的小米终于把季怀谷追问到了一个有小芳的未来时刻里。这是她自己所想不到的。她沮丧地收拾着自己的行李，嗓子里下意识地哼着《再见了，我的爱人》这支曲子。是的，她也要离开这里了，她不能忍受没有季怀谷的这座城市。她要到深圳，她也要去重新开始自己的生活。

独角兽丛书

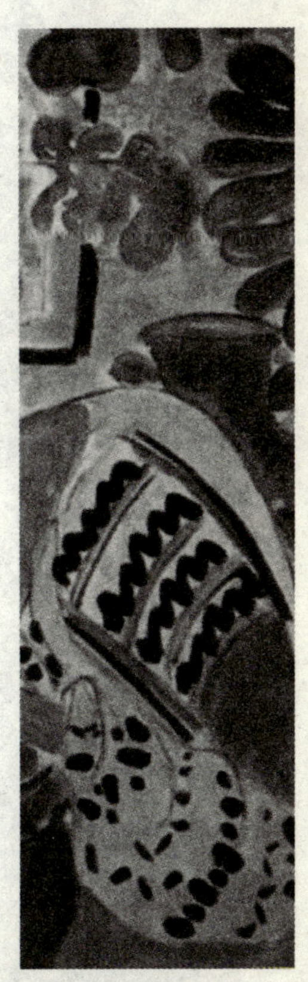

7

尝试另一种生活

尉萌萌在夜总会唱歌，引得不少男人的动心。可尉萌萌从来不为之动心。她就是爱唱歌，她现在仿佛已经无法不唱。她心里好像有一团东西，她不唱，就堵得慌。只有唱，她才觉得好受一些。她内心的痛苦通过歌声得到了释放。严冬在她的歌声中越走越远。有人说，尉萌萌的歌声比那些职业歌手要有魅力得多，她如果愿意在这方面发展，一定会大红大紫。可尉萌萌从来也不拿唱歌当一个事业，她只是内心憋得慌，她只是需要发泄，所以，从来也没想在这方面发展。

有一个男人每夜都来听她唱歌，被她的歌声迷住。他经常给尉萌萌送花。有一次，他给尉萌萌递上了一张名片，尉萌萌这才知道他叫毕江明。后来，当尉萌萌接到他的花越来越多的时候，尉萌萌的目光才不自觉地转向了他。尉萌萌发现了这个男人的一种气度，一种一般男人身上没有的东西。于是，尉萌萌看出了一种特别。尉萌萌被这种特别吸引。尉萌萌打从夜总会唱歌后，她看到了太多的男人，暴富的男人，身上的粗鄙一望而知。尉萌萌最讨厌这样的男人。这样的男人无论怎样对她痴心，尉萌萌都毫不为之所动。而毕江明在这些富贵男人中，显示了一种与众不同的东西，他身上没有暴富者的粗鄙，没有那种做作的派头。他是那么自然那么坦荡，而且从骨子里透出了一种优雅，一种一般男人无法企及的审美目光。尉萌萌的美曾引来多少男人贪婪的目光，而毕江明的眼光是审

美的，是懂得欣赏的，在这样的眼光面前，连尉萌萌自己都觉得自己是一件艺术品。

尉萌萌的心下意识地动了起来。她动人的面庞也涌起了红润。

有一次，毕江明约尉萌萌散散步。尉萌萌同意了（这是很少有的。打从严冬出走后，尉萌萌很少接受一个陌生男人的约请）。在这次散步中，尉萌萌对毕江明有了更深的印象。毕江明的言谈举止就是与尉萌萌以前接触的男人不同。尉萌萌从他身上，仿佛一下子感觉了另一个世界，那是一个与尉萌萌日常生活的这个世界不同的另一个世界。毕江明似乎把另一个世界的教养带到了尉萌萌的面前。尉萌萌的感觉没错，毕江明是澳洲人。

在猝不及防中，尉萌萌恋爱了。

打从尉萌萌意识到了自己的恋爱感情时，她便再也不去夜总会唱歌了。她的情感一下子转了弯，到了另一个层面。应该说，毕江明的出现改变了尉萌萌。严冬消失了，尉萌萌的心再也不在严冬身上转圈了。尉萌萌开始认真地与毕江明交往了起来。毕江明好像勾起了她无数少女时代就隐藏的幻想。在毕江明面前，她看清了这些幻想。虽然尉萌萌知道毕江明是一个有妇之夫，但尉萌萌并不太在意这个。因为尉萌萌在乎的是感情，是她全新体验的一种感情。和有妇之夫并没有什么关系。

尉萌萌一下子变了。她的情从夜总会的歌声中收敛了起来，凝聚成了一个整体，向着一个男人倾注。毕江明是在南方的K市办公司，他是为了生意上的事儿来北方这座城市，不意中在夜总会遇上了尉萌萌。种下了这段情。

毕江明回到了K市后，两个人都在为着这段情牵肠挂肚。

岁月飞逝，很快就要过春节了。

尉萌萌一个人坐在房间里，一个人对着窗外的树叶看。看着看着，她脸上出现了一片红云。她想起了远在K市的毕江明。毕江明邀请她今年到K市过年。尉萌萌一向对K市向往，那是中国最“资本主义”的城市。K市的春节一定与别处不同吧，尉萌萌想。当然，这不仅因为K市作为大都会的繁荣，还因为毕江明对她的痴心。尉萌萌现在已被朋友们列为都市的单身贵族。目前她喜欢这样的生活，一个人自由自在，虽然一直有男人痴心，但很少有能让她动心的。毕江明就不同了。他的痴心一开始就让尉萌萌脸红，后来当听说他是澳洲人时，她的脸红就又有了一层深厚的意蕴——他们交往了那么久，他都没有告诉她他是澳洲人，可见此君的水准。尉萌萌在夜总会唱歌赚了不少钱，当然这不是她的初衷，可事实是她已跃居有钱人的行列。并且本市电视台被她的美艳惊倒，邀她客串一个栏目的主持人，这使她的收入更为可观。尉萌萌所居的这座城市虽说也是省会城市，但毕竟是北方城市，老派古朴，哪能与南方都会K市相比！尉萌萌想着K市想着毕江明，就不由得想立马去他那儿。毕江明已经在K市的某宾馆为她包了一个房间，包了一个月。明天，K市某宾馆的那个房间就是她的了。她为什么不去呢——到那个属于她的房间里去幽会毕江明（毕江明已经给她打过好几个电话了）。而且，她在电视台客串的那个主持人的节目已经都做完了，春节前的这一段时间没她的事了。

这样想着，她就一天也不愿在这儿多呆了。

尉萌萌告诉父母，她受朋友之请，今年到南方过春节。并嘱咐爸妈在家里快快乐乐的，她会随时给他们打电话。爸妈深知，女儿大了，有自己的想法和生活，他们也不好阻止她。就只能由她了。

尉萌萌收拾好行装，订好了第二天的飞机票。给毕江明打过电话后，就想起了她的一个朋友——她的一个女友。她顺手给这个女友打了一个电话。尉萌萌告诉女友，她要到大都会K市过春节，她已经在那里包好了房间，一个月呐。女朋友在电话那头纳闷地问，你一个人跑到那个地方，还包房间，是钱多烧的吗？尉萌萌笑笑说，我有一个男朋友，我们一起在那里过。女朋友问，是有妇之夫吗？尉萌萌说，当然。不过，他老婆在澳洲，他在大陆经商。

尉萌萌飞到了K市，毕江明在机场接她。尉萌萌见了毕江明，就像见了久别的情人（虽然她与毕江明认识才不到半年，但思恋已使他们仿佛认识了几个世纪）。毕江明人虽不英俊，但很会讨女人喜欢，并且又很有钱。尉萌萌虽然并不缺钱，但是，在她的眼里，作为有钱人的毕江明很有风度，很有派头，很像尉萌萌少女时代从书里看到的“英国贵族”。她喜欢这种派头。尉萌萌作为土生土长的中国人，老一辈的艰辛日子她是深知的。她最坚信的一句话是：三代才能出一个贵族。而在中国，还没出现一个能够富三代的人,哪里有贵族?就算现在有暴富者,有大款,可那又有什么用,骨子里依旧是一个贫民。而毕江明就不同了,他是一个骨子里的富贵人。他的眼神,他的一举一动,无不透露出他那个富贵三代的家庭的烙印。而尉萌萌喜欢的正是这样的有贵族风度的人。所以,尉萌萌在夜总会与他相识,经常接受他献的花以后,她就开始脸红了,就动心了。尉萌萌从他的言谈中,就能闻到她从书中读到的一些"贵族"的气息。后来,她更多地了解了他,才深觉自己的眼力不差。尉萌萌在夜总会见多识广,对大陆的那些款爷真是烦透了,他们穷得只剩下钱了。而毕江明就决然不同,他身上的每一个细胞都透露着富贵。那种派头,真是让尉萌萌沉醉。尉萌萌和毕江明手挽着手走出了机场。

在包房里,两个人可以说度过了"新婚第一夜"。毕江明作为已婚男人,他的投入使情感上一再经历痛苦的尉萌萌充分尝到了禁果的甘甜。为了这一夜的甘甜,尉萌萌宁愿单身一辈子!尉萌萌一边和毕江明做爱,一边做梦。她仿佛进入了异国他乡,处处美不胜收。毕江明把她带到了一个梦想的境地。那仿佛是她少女时就隐约有的一个梦:那个富有绅士气质的男人,那个骨子里富贵的男人,将她拥上了床,将她爱得淋漓尽致。她为了这个梦,拒绝了许多自我感觉良好的男士,伤透了这些中国男士的心。这近一年来,尉萌萌做得都是异国他乡的梦,梦里的男主角都是"英国绅士"。并不是尉萌萌不想梦到中国男人,打从严冬走后,她接触的中国男人实在是太让尉萌萌失望了:个个都是那么"既得利益",个个骨子里都是那么"贫穷",叫她想爱也枉然。

尉萌萌在绝望中坚守着自己的梦想。

没成想好梦能成真。所以,在真实中她也仿佛还在接续着梦。

毕江明不仅在圆她的梦,还在扩大着她的梦的内容。

她在做爱高潮中，不是一般人想像的叫床，而是问毕江明，这是真的吗？不是梦？

毕江明边动作着边回答，是真的。也是梦。

两个人在包房里如痴如醉地度过了一个星期。

在第七天的这个夜晚，毕江明不得不说，明天他要回去了，这是毕江明和太太约好的回程时间。

尉萌萌很大度很识大体，虽然不舍，但她还是送走了毕江明。

这时候，离除夕只有一天了。

尉萌萌一个人在包房里走走停停。在这一天的时间里，她只有回忆。回忆不仅充满了她的脑子，还充满了她的房间。好在房间里还有毕江明留下来的气息，尉萌萌闻着这气息，回忆不仅生动，而且还鲜活。仿佛毕江明还站在这个房间里，还在这个房间的某一处活动着。所以，尉萌萌在不断地与他对着话。她一个人边走边说，还做着手势，脸上的表情变化无穷。而毕江明也在回答着她的所有问题，有时候回答得不对，她就会进行修正。尉萌萌就这样一个人演两个人的角色，表演得惟妙惟肖。表演累了，她会停下来，神色茫然地坐在沙发上，一派颓然的表情。的确，她一个人在这陌生的K市，如果不表演，她还能干什么呢。明天就除夕了，人人都在准备回家过年，可她却在这里等待毕江明的归来。毕江明已经给她定好了，他大年初二就回来。如果她不想毕江明，在这个地点，这个时刻，她还能想什么呢？所以，她只有一个念头，那就是想毕江明。

尉萌萌就那么生动地表演了一天与毕江明在一起的节目。由于表演的时间过长，她一跌到床上，便睡着了。第二天一早醒来，她便对表演失去了兴趣。她想到大街遛遛。她一走在街上，顿觉马路的清冷。除夕的这一天，马路上的人是那样的少，人人都已经（或忙着）回家，于是，马路上的繁荣不见了。尉萌萌心里顿生一种浪迹天涯的感觉。在中国人民的传统节日——春节到来之际，她漂泊在外，没有停靠的码头。她只有一个人在清冷的马路上流浪。尉萌萌虽然是往三十岁上奔的人了，可她的内心越来越充满了幻想，尤其是在爱情上，打从认识了毕江明，幻想从来没有离开过她。她自己就曾对朋友说过，如果没有幻想，她不知道爱情是什么。一个男人只要能勾引出她少女时代就有的爱的幻想，那她就一定会和这个男人有事。眼下，她为了这个爱的幻想，一个人孤独地走在马路上。她不想回宾馆，她愿意一个人在马路上体会这种爱的孤独。这条春节的马路，她相信会永远留在她的记忆里。

她就这样在马路上走了很久很久，一直走到肚子饿了，她才到路边的一个饭店里坐了下来。店里只剩她一个顾客。她要了两个小菜，一个人慢慢地咀嚼着，眼睛不时地瞟着窗外，瞟着马路上的那份冷清。天，越来越阴沉，和她的某种心绪很吻合。她深知，虽然这是一个阴天，但家家户户都在酝酿着快乐。“咱老百姓今个要高兴”——这是个快乐的日子。她快乐吗？她问自己。“我也应该快乐”，她脑子里闪出这样几个字。再说，有什么不快乐的呢，毕江明初二就回来了，她只需再等一天，就会和毕江明在一起了。几年了，她这是第一次能够和一个男人在一起过节，而且还是一个自己爱的男人，她应该快乐。她这样想着，走出了饭店。心情好像改变了很多。

听说K市一些古旧的小巷很有特色,何不去看看。随着自己的这份心意,她走着走着,就拐进了小巷。小巷里静悄悄的。

这里还保留着清代的一些古旧建筑。围绕着这些建筑该不该拆,各界人士展开了热烈的讨论。自从一个私人房主为了保住自己这祖辈留下来的房产,到市政府以死相胁后,这事就搁下了。这里确实和现代都市很不相称,可是,一些古建筑都拆了,这个城市是不是也显得太没文化了?尉萌萌边走边看,并且脑中还不时地闪现着她从电影中看到的一些古装片的镜头。她丝毫没有注意这时候还有人在注视着她,或者叫偷窥。

胡广东已经在这个小巷等了许久了。他是在等一个女人。他为了这个女人曾经朝思暮想过。他给这个女人写过许多诗(他本不是一个诗人),完全是因为有感而发。可这个女人却抛弃了他。这女人也曾对他甜言蜜语过,可很快掉转枪口,去攻击别的男人了。胡广东最恨这样的女人了,他为了这个恨字,一夜一夜辗转反侧,难以成眠。在一夜一夜的辗转反侧中,他的恨已经攀上了情感的顶峰。所以,他就走出来了。他知道,那个女人就住在这附近。他要给那个女人一个最后的记忆。可是,说也奇怪。前些时,他已经给了这个女人一个毁灭性的打击,他坚信是这样的。可是,他却在一个商店里瞥见了这个女人依然和一个男人在一起。他一次一次地问自己,难道那个“毁灭性”打击只是他的一个梦？他经历的那个夜晚的细节不过是梦里的细节？胡广东反复将梦和现实比照，他记着就在这个街口，就在一个晚上，他看到了那双迷人的眼睛，他扑了上去。首先塞住的是她的嘴，然后，他从容地将她的眼睛抠了出来——他一边抠一边说，再叫你美，再叫你美，看你还美不美了？他清楚地记得那女人只是"啊啊"地说不出话来。这女人一向用她的眼睛勾引人，这是胡广东最不能忍受的。一想到她的眼，一种强烈的毁灭欲就完全控制了胡广东。胡广东当初就是在这双眼睛的勾引下心神颠倒起来的，而他心神颠倒后，这女人就抛弃了他。另一男人很快就成了她的猎物。这真是男人的不幸。胡广东觉得如果他不消灭这双眼睛，他不仅对不起自己，还对不起广大的男性同胞，还将有多少人被这双眼睛淹死。曾有一段时间，胡广东天天在这样的思维里打转，整个世界在他的眼前都模糊一片，只有这个女人的这双眼睛清晰地在他的眼前眨动。当他终于遏制不住地行动起来后，他的力量才算找准了地方发泄。那压迫他的想像才悄然退去。行动成了清除想像的一个最有力的武器。这个小巷，是那个女人回家的路，胡广东就常常在这个小巷的暗处等待。

就连这个除夕，胡广东都不放过。在胡广东的感觉里，这个女人从不会安静地在家里呆一刻，外边的世界永远是她疯狂的场所。家里只是她的旅馆。所以，胡广东判断，除夕的这一天，她会在外边疯的。所以，胡广东在这里等着她回来。胡广东一边走着，一边掐着自己的肉，问自己：这一次不是做梦吧？他一直把自己掐痛了，才放心地说，不是梦，是真的。他还记得上一次他也是问过自己是不是梦，也掐过自己，最后断定不是梦。可结果却是梦：因为那个女人又出现了。一段时间以来，胡广东就分不清梦和非梦的界限。有时候他醒着，可看见的什么事情都不真实，好像是梦一样；又有时候他在做梦，可他却觉着和真事一样。他为这个事儿很苦

恼。他每天都会为是不是梦而无数次地问自己。他庆幸他的理智还没有出现问题，因为知道一遍一遍地问自己，以判断梦和非梦的界限。如果他的理智出问题了，他恐怕就分不出梦和现实的界限了。他也不会一遍遍地问自己了。据此，胡广东对自己做出了这样的推断：他还没有犯精神病。他很正常。他和所有人一样，知道运用理智判断是非。

只是一想起上一次的那事，胡广东就会陷入一种恍惚中。

他明明记得自己就在这条路上截住了那女人，抠了她的眼睛，将她扔到了河里。眼睛是单独扔的，没有和尸体扔在一处。他还记得他跑了老远的路，将女人的一双眼睛扔到了一个大垃圾场里。扔的时候，他还特别注意，没有把这一双眼睛扔到一起，而是这里扔一只，那里扔一只。胡广东比较相信某种死后的命运，他觉着如果将这女人的尸体和眼睛扔一处，很可能在阴世，它们（眼睛和尸体）又找到了一起，又成了一个完整的组合。而分散地扔，这些器官就互相找不到一起了，就算是有来世，她也是个瞎子，一个找不到自己眼睛的瞎子。

然而，居然是一场梦。在他的意识里，那么真实的事儿，居然是一场梦。她还活着。一双眼睛还在迷惑男人中活着。

这一次，胡广东无论如何也要分清梦和非梦的界限。他不仅掐自己证实不是梦，他还哼了一支歌，证明嗓子很正常，哼得一点也不吃力（以往他在梦里唱歌都是嗓子好像被一个什么东西堵了似的，哼出的声音很浊重，很吃力，很累），胡广东以此相信，他现在正是在现实当中，和梦离得远着呢。这一次，他一定要叫那双真实的眼睛消失。

胡广东看到了这个女人，他坚信是这样的。只是他奇怪，这个女人在看什么呢？她一定是在等人。等一个男人吧。在这样的除夕夜（其实，此刻还没到夜晚，可胡广东就认定是晚上，也可能天暗，他的意识出现了混淆）。她还在等一个男人，还在勾引一个有妇之夫（胡广东连想都不想就认定是有妇之夫），不让人家有妇之夫回去和孩子老婆过年，何等心肠啊。

胡广东盯着尉萌萌看，怎么看怎么像他的那个女人。可尉萌萌在那儿走走停停一点都没有意识到巷子对过的这个男人。

胡广东决定潜到她的背后去。在这个女人的背后，他可以下手方便。在这个除夕夜（在胡广东的意识里，一直以为是晚上），街上没有什么人，是下手的好机会。胡广东本能地朝路两边看了看，的确没有什么人。胡广东想，一个好女人，一定不会在这样的时刻出来的，更不会在大街上溜达，好女人会在家里照顾丈夫孩子，准备过年的东西。只有这样的放浪女人才在街上等待那个不知何时出现的男人。男人可能被家里的事儿羁住了，一时半刻出不来，所以，这女人才在这里焦虑。胡广东一边想着一边在背后向尉萌萌接近。

尉萌萌茫无目的地看着古巷，脑子里想起了毕江明。她想，毕江明在家里干什么呢，是不是正在和太太亲热，和孩子亲热？毕江明说过，他和太太已有三个月没见面了，他对太太还是很有感情的。一想到毕江明和太太有感情，尉萌萌的心里就有一种说不出的酸劲。尉萌萌虽然是个明智的人，也告诉过自己多少次，她和毕江明是不可能往婚姻上发展的，再说，她也不想结婚。可是，还是抑制不住吃醋。一种屈辱感悄悄爬上她的心头。她只配给人当个小妾，在任何正规的节日里，她都得让位给正配夫人。只要她不结婚，她就没法摆脱这种屈辱的地位。除非她再也不交往男人了（可是这又怎么做得到）。这样想着，尉萌萌的眼神就更茫然了，而且在茫然中还有两滴泪水在闪烁。她没有擦掉这闪烁的泪水，她噙着它，体会着某种苦情女子的心态，颇有一番滋味在心头。一种自怨自艾的情感袭击了她。仿佛她是某出苦情戏的主角，她有一种很投入的感觉。她噙着泪，脚步犹豫，四顾茫然，无依无傍。男主角已经回到大老婆身边了，她只有一个人走在这除夕的夜晚（说也奇怪，尉萌萌也觉得到了除夕夜晚。这点和胡广东一样。其实这时候还只能说是下午，只是天阴，昏沉，使人在时间感觉上容易错位）。没有人知道她在这样的夜晚有多么悲情，连男主角都不可能知道。因为男主角已和大老婆忙着过节了，而她连给男主角打个电话的机会都没有。她的悲情无处诉说。男主角想没想她？这个问题一出现，她立马伤感地摇摇头，不可能想她的，有孩子老婆在身边，哪里能想起她。就是男主角有意要想，也会被老婆孩子的声音搅扰，从而变得无从想起。甚至，男主角会觉着与女主角（尉萌萌）曾有的一幕幕都很遥远。没有人会在意她。她只能一个人在这异地悲切。她一点也没有意识到正有一个男人不仅在意她,还想在她身上做文章呢。在这样一个节日里,在这样一个特殊时刻,她和另外一个毫不沾边的男人相遇了。尉萌萌一心只有毕江明,连想也不想除了毕江明之外,她和这个世界的别的男人也有瓜葛。虽然这瓜葛你看不见,但它却在每一个人的心里。不定什么时刻,这瓜葛就会把你卷入一个看不见的涡流。

毕江明会忘了她吗?毕江明初二真的会回来吗?这些问号总是七上八下地在尉萌萌心里跳动。

正当尉萌萌一心考虑这些问题时,胡广东已经潜伏到了她的背后。胡广东一步窜了上去,捂住了尉萌萌的嘴,和上一次一样,他首先要捂住这个女人的嘴让她发不出话,将自己早已准备好的海绵塞进尉萌萌的嘴里,背剪起她的双手,用一块白布条结结实实地绑了起来。在尉萌萌还没有意识到什么的时候,他已经把尉萌萌拖进了一个角落里。然后,他脑子里就幻想出了令他兴奋的一幕:迅速地抠出了她的眼睛,和上一次一样,一边抠一边说,再叫你美,看你还美不美了,看你还勾不勾人了。而手下的女人哭不出说不出,只是啊啊地乱叫着。街上一个人也没有。没有眼睛的女人绝望地挣扎着,身子乱扭着,因为胡广东已经在掐她的脖子,她只是本能地挣扎。胡广东脑子里闪着的这一幕,完全是在下意识地播放他曾经对另一个女人所施行的酷刑。他得意于这个酷刑马上又要上演了。他的手向上一抬变成鹰爪状,要向尉萌萌的眼睛抠去——就在这时,奇怪的事情发生了:他的手不能控制地痉挛起来,口吐白沫,不是尉萌萌的嘴,而是他自己的嘴啊啊着,直翻白眼。尉萌萌一下子从地上爬起来,不解地看着这个男人,心想,这就是羊痫风吧。她忽然有一种深度恐惧,吓得撒腿就跑,在空旷的街道上,一个人越跑越猛……

回到宾馆，尉萌萌一个人坐在电话机旁。她想给毕江明打电话，但又不知道该说什么。这个男人为什么劫持她，又为什么犯了羊痫风，她都一无所知。她只明白，是这个男人的羊痫风救了她。如果在那个关键时刻，他不犯羊痫风，她就没命了。她一个人愣坐了许久，她还是拨了毕江明的手机。毕江明走前，已给她讲好了，由毕江明给她打电话。因为毕江明家里有太太，万一尉萌萌打电话，而他太太在身边，就比较尴尬了。可是，眼下，尉萌萌着实控制不住自己，实在想对一个人说说这事，也只有破例了。一听毕江明的声音，她像遇到了亲人。她就把刚刚遭遇的事儿对毕江明说了一遍。没想到，毕江明这样对她说，都是因为你太美了，太美了，就容易出这样的事儿。有时，我和你在一起，都有一种不祥的预感。

尉萌萌听着这话，那举着电话的手，突然僵持不动了。她不想听到这样的话，这是什么话呢？可毕江明在那边又说，那个男人犯羊痫风，实是被你的美貌惊出来的。这就是美貌杀人啊。我以后在你面前也得小心啊。

尉萌萌终于说话了：你不必小心了。再见。

尉萌萌没有想到她在毕江明的心里只是这样的一个色情地位。毕江明既然只把她看成是个美女，那她不过是一个色情的代名词而已。她只是帮助勾引出毕江明的色情欲望，这里哪有什么爱情，对一个“人”的爱？在毕江明心里，尉萌萌是一个人吗？不，她首先是一个美女，所以，她才要被提防着点，他才有不祥的预感。她千里迢迢来到这异地，原不过是为了满足一个男人的色情，还为此差一点送了命。她值得吗？

毕江明的形象在尉萌萌的心里一下子全变了。毕江明就仿佛那个在半路上拦截她的羊痫风患者，一切不过是因了色。只是，对于那个拦路截她的男人，她是坚决反抗的；而对于毕江明，她是情愿的。而且还给这种情愿扣上了一顶“爱情”的帽子。想想，这荒唐不荒唐？

尉萌萌挂了电话，就开始打点行装。泪水从她的眼里流出来了。

独角兽丛书

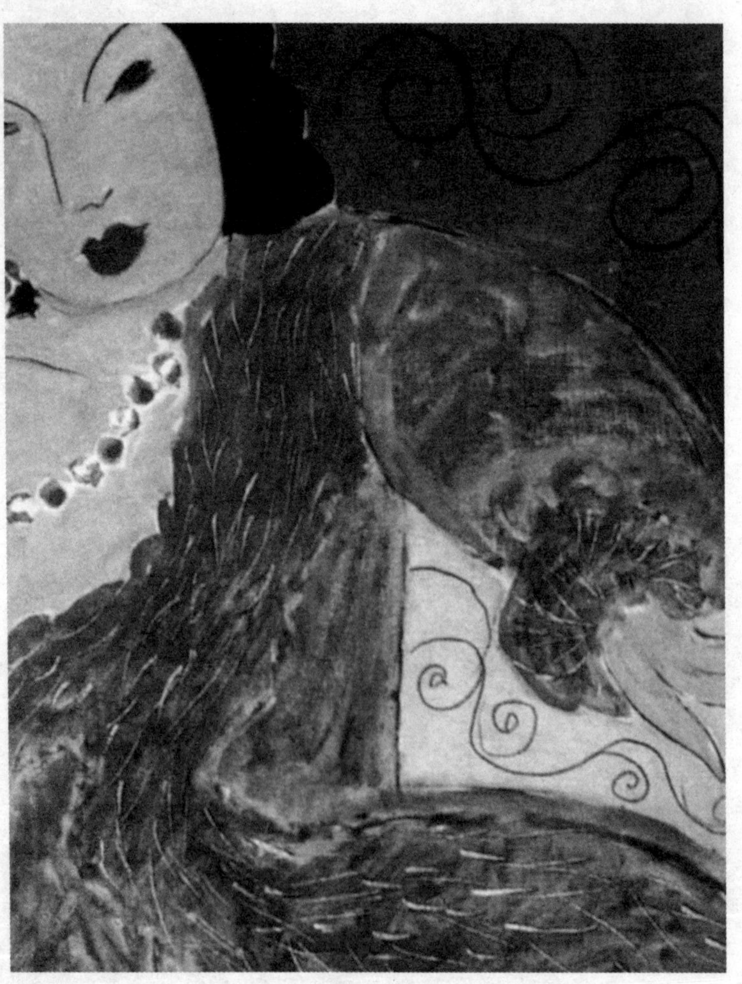

终成眷属

季怀谷和尉萌萌经过了这么一场又一场的折腾，现在终于快折腾到一起了。不知这是他们的幸运还是他们的不幸。

季怀谷开发荒山从经济意义上说，是非常成功的。可是，从精神层面上说，他失望而归。在五崮岭，没有小芳。现在的五崮岭，已经和他哥哥下乡时的五崮岭完全不同了。人们的精神世界发生了翻天覆地的变化。姑娘们不再像“小芳”那样“站在小村口”痴望男人，而是想方设法出去挣钱。季怀谷遇到的几个村姑，给他谈的都是如何挣钱。这使季怀谷的小芳情结一再遭到挫败。季怀谷感叹，再也没有纯洁的小芳了。

季怀谷还雇了几个村里的姑娘，一个比一个更精明。正像有人曾说的，现在想找一个傻瓜，只有到月球上去找了。姑娘们如此的精明，破碎了季怀谷的小芳梦。季怀谷在那里干了三年后，挣了一大笔钱。然后，将荒山交给了一个手下人，他自己揣着一大笔钱回城了。小芳成了一个情感上的象征。季怀谷永远不会再在现实中去寻访小芳了。

季怀谷重回城市，他就想着置业安家了。他在标有“加州别墅”的一个山边，选中了自己中意的别墅，别墅是在整座小山的山后，这里清雅幽静，有些世外桃源的味道。他很是喜欢。他想，如果有一个美人在这座别墅里，这别墅才算没有白买。

他脑子里忽然想起了小米。三年来，他们没有再联系。他不知道小米到底在哪里。只知当年分手时，小米说她去深圳，便再也没消息了。但不管怎么样，季怀谷决定要在这个北方城市安家了。他要娶一房美貌的妻子与自己相伴终生。想到未来，季怀谷有一种挺美好的感觉和心态。

季怀谷用自己的资金开办了一家公司，自己当上了老板。

再说尉萌萌。

尉萌萌彻底从梦中醒来了。毕江明拿她当什么呢，“我在你面前也有一种不祥的预感。”听听这话，真叫尉萌萌伤心。尉萌萌是一个人，她需要关怀需要爱，她不是一个物，不是一个符咒。“不祥的预感”，在尉萌萌听来，是对她最大的侮辱。她在K市，已经莫名其妙地受到了一个男人的侮辱，再从自己所爱的男人嘴里听到这样的话，这使她一下子感觉到了爱的虚幻。谁爱她，谁是真正爱她的呢？男人们被色所迷，同时又恐惧这色。恰恰没人是真正爱她这个人的。做为一个人，她只是一个空壳；作为色，她是炫目的。男人在炫目中，已经看不到她作为一个人的渴望，所以，无法对她真正关怀。

尉萌萌回家了。尉萌萌能感觉到自己的心被伤得很重。她常常在半夜醒来，像是被惊醒的。一种恐慌会在深更半夜袭击她。她四顾茫然，感到无依无傍。她是不是需要结婚了，需要有一个属于自己的男人，在这样的夜晚，给她安慰？在K市的那个除夕永远留在了她的心里，使她何时想起，都心有余悸。

生命走到了这里，仿佛酝酿着重大的转折。以前她从来没有深想的"归宿"两个字，在她的心里徘徊不去。哪里是她的归宿？爱情，好像突然之间与她告别了。她心里空落落的，只想有一个依靠，使自己踏实。

女人在恐慌的时候，最容易做决定。

尉萌萌从K市回来后，一直心慌意乱。有一天，她一个出来散步时，走在回家的路上还迷了路。尉萌萌在两种情况下容易迷路，一个是阴天下雨，另一个就是心意迷乱。然而，在回家的这条路上迷路，她还是第一回。这条路，她不知走了多少遍，在她的感觉里，闭着眼都不会走错的。可是，那天下午，她却硬是找不到自己的家门。直到很晚，她才凭着别人的指点，摸回了家。尉萌萌对着父母，倒很懂事，一点都没有流露自己心里的慌恐。把父母应付得很好。可是，一到她自己的小屋，一种说不出的恐惧，就紧紧揪住了她的心。

她也说不出自己这是为什么，只是感到一种害怕。仿佛是对那种说不出的未来有一种害怕。她面对着窗户，只有向着黑夜，解剖着自己对自己的疑惑。因为在她以往的经历中，还从来没有过这样恐慌。而且，从道理上讲，她也深知，她没有必要更没有理由恐慌。然而，这种恐慌的感情还是占据了她。

她一边用理智分析着自己，一边承受着恐慌的压力。

正在这个时候，有人来给她介绍了一个男人。在尉萌萌这个年龄，这是很正常的。以往也经常有人在这方面自愿为她操心。不同的是，这一次正赶上尉萌萌心理慌恐的时候，所以，被介绍的男人在尉萌萌听来仿佛与以往有所不同。她听得也格外上心。这个男人是属于当下先富起来的那一批人，有自己的车，有自己的别墅，人长得也不错，惟一的缺憾是，年龄比尉萌萌大十岁。当然，大这十岁，在有些人看来，也不算什么，很多女人就喜欢找一个比自己大得多的男人，说找一个这样的男人，除了性爱与情爱之外，还能得到一份宝贵的父爱。只是尉萌萌在这方面对自己有些吃不准。按她以往的自我认定，她觉着她是不喜欢找一个比自己大得多的男人的，在一个年龄大得多的男人面前，她找不到两性之间的感觉。可是，当她给介绍人说了自己这方面的担心时，介绍人当场就否定了她的所谓“感觉”。介绍人说，有什么呀，不就是大十岁吗，那还算大吗，那也不算父辈呀，你所谓的感觉，不过是你心里的想像而已。这种想像是害死人的。你和这样的男人谈过恋爱吗？尉萌萌承认没有。介绍人说，这不就是嘛，你从来没和这样的所谓大男人谈过恋爱，你怎么会有“感觉”呢，这不纯是想像吗，想像的东西怎么能当真。你这一次就做一个尝试，看看自己能不能和这样的男人谈恋爱。人家虽说比你大十岁，可也不过三十多岁呀，在男人，这正当年。你实践实践就知道啦。

介绍人和尉萌萌很熟，说话也比较随便。尉萌萌听着介绍人的话，觉着也有道理。

然而，最根本的原因是，她现在也需要找一个人“谈恋爱”，她要把自己交给一个人，这样，她就会避免许多的恐慌。

尉萌萌就和男人见面了。

一见面，感觉还真不错。这男人还真不显老。的确，三十多岁，对于一个男人还正是好时候，况且又是一个经济上成功的男人。这男人正是季怀谷。季怀谷对尉萌萌可以说一见钟情（男人都会对尉萌萌一见钟情的）。尉萌萌虽说对他还谈不上一见钟情，可也没有什么反感，不仅没有反感，甚至可说有好感。季怀谷的气质里，很有些“冷面小生”的味道，这使尉萌萌想起了美国的一些西部影片。这样，两个人的交往就成了顺理成章的事儿。就连尉萌萌的父母，见了季怀谷，也提不出什么反对意见。

这样，尉萌萌和季怀谷的恋爱，就成了尉萌萌生活中最重要的内容。那些恐慌在尉萌萌的心里，仿佛已经没有了迫人的分量。季怀谷一见尉萌萌，就知道尉萌萌正是他那别墅的女主人。再也不会有第二个女人了。

季怀谷就对尉萌萌讲，他们结婚以后（他们已经开始谈论结婚了），尉萌萌就在家专心做“太太”，他们俩遇到了一起，他便不会再让她去上班了。尉萌萌正是他要找的那个美女。尉萌萌听着这些话，在心理上就有了一种靠岸的感觉。

这个时候，尉萌萌以往交往的一些异性，无论是关系深的还是关系浅的，在尉萌萌的心里便都不重要了，仿佛都退到了一个次要的位置，或者说可有可无的位置。要知道，她以往交的异性都是和她年龄相当的男人，有的是尉萌萌曾动过心的男人，有的是尉萌萌为之痛苦的男人。然而，由于季怀谷的出现，这些男人在尉萌萌的心里便都隐退了。这是尉萌萌自己都没有意识到的。

或者说，是尉萌萌的显意识没有意识到的。

尉萌萌以往的那些异性朋友（无论是关系深的还是关系浅的），再来找尉萌萌，或和尉萌萌通电话，尉萌萌都大大方方地告诉了他们季怀谷的存在。她和季怀谷目前的关系，在尉萌萌的感觉里，是光明正大的谈恋爱，本来也没有什么可背人的。

况且，他们俩已经在谈论结婚的话题呢。

尉萌萌和季怀谷的恋爱，一路顺风，没有任何明显的阻拦。结婚，对于他们而言，就成了非常自然的结局。在一个春暖花开的日子里，他们结婚了。尉萌萌从此结束了莫名其妙的恐慌。

尉萌萌结婚后，便住进了季怀谷的别墅。

季怀谷的别墅，是建在这座大城市里的一处山后。一片别墅群，名为“加州别墅”。这座北方的大城市本来就是四面环山，改革开放后，山前山后，陆陆续续建起了一些别墅，是一些先富起来的人的地盘。季怀谷买了山后的别墅，是许多人不理解的。山前，靠着马路，人群车辆络绎不绝，一派热闹繁华。山后，就冷清多了。在这里买别墅的人也少。当尉萌萌第一次来到季怀谷的别墅，面对这里的冷清，她曾问过季怀谷为什么不买山前的房子。季怀谷就对她说，山后，隐蔽些。隐蔽好。

尉萌萌此时正不喜欢热闹。于是，她就想，隐蔽确实好。这从一个意义上说，非常符合她的某种心理。广阔的空间与人群，是她难以接受的。

背向人群，使她觉出了某种安全感。

尉萌萌对别墅挺满意。

尉萌萌在这别墅里，开始过起了“富人”的生活。除了出去采购，大部分时间她都是在别墅里度过的。这里，有自己的花园，有自己的家丁，一切都用不着她操心。这又使她想起了国外的一些电影。这样的舒适与豪华，她只有在外国电影里见到过，她做梦也没有想到这居然成了她的生活。她以前也从来没幻想过自己要过这样的生活，虽说她也知道在中国已经有人先富起来了，有人将她也说成是这先富起来的人群中的一个，可她却从来没过过眼下这种的富贵生活。

季怀谷专门雇了家丁四个。恐慌，在这座别墅里，只变成了一种回忆。

她想，也许那时令人难以索解的恐慌，正是她走向今日生活的前奏。生命要走向一个新的阶段时，大概都是会有一些超常的恐慌吧。

随着新婚燕尔的日日走远，季怀谷又开始整天外出忙他的生意去了。只留下了她和大块的时间在这座别墅里。于是，她就开始了回忆。面对着大块的时间，人是很难不去回忆的。不回忆做什么呢，时间从来不走空。尉萌萌坐在花园里，过往的事情很自然地就在她的眼前重演。那些有滋味的，总是能演了一遍又一遍。她看着过往，脸上不自觉地就浮起微笑。先前曾是她那么痛苦的事情，在回忆的屏幕上，都成了有趣的情节。她一边回忆着以往，一边体味着人的不可思议。生活在尉萌萌这里，确实是进入了一个新的阶段。这个新阶段，最初是以回忆的形式出现的。

然而，任何一种生活形态，都是要向着自己的纵深处发展的。

在尉萌萌回忆的屏幕上，终于出现了一个男人。尉萌萌一遍一遍地写着这个男人的名字:严冬。尉萌萌的回忆因为这个男人再也不肯向前走了。

尉萌萌的脑子里涌现出了和严冬交往的一切。

尉萌萌脑子里演练着她和严冬曾有过的一个又一个情景。有时,他们在马路上散步,严冬给她买冰淇淋;有时,严冬请她去看电影,深夜送着她回家;在节假日里,他们还一同去爬泰山,只有他们两个人。尉萌萌回忆起只有他们两个人爬山时,心里就想,那时和他们一同爬山的游客,一定羡慕他们这对情侣。的确,连她自己隐隐约约的不是也有这种感觉么?那的确是一种隐隐约约的感觉,而且这种感觉不仅是在那次爬山中有,就是在他们一次又一次的散步中,她不是也有这种感觉么?他们俩总是人们羡慕的对象。回忆走到这里就不单纯是一种回忆了,它开始夹杂着尉萌萌眼下的心态。尉萌萌就在眼下,就在这座别墅的花园里,第一次肯定地承认,她和严冬曾经是多么幸福。可是,她不明白的是,她为什么不在那个时候牢牢地抓住严冬?

在她的想像中,严冬仿佛又来到了她的身边。

严冬来到了她的别墅。

实际的来与意念中的来,在尉萌萌看来,是一回事。

尉萌萌开始摇头了。在她现在的感觉里,非常明显的,严冬对她有隐情。可是,严冬为什么不对她说呢,如果严冬对她说破,也许生活就会有一个别样的结局,而不会像现在，她坐在季怀谷的花园别墅里，幻想着有可能的一幕幕……

说来也怪，当尉萌萌和季怀谷见面时，她一点也没有像眼下这样的来想像严冬。甚至，在她的显意识中，一点都没有想。潜意识中的活动也可能是有的，既然人的潜意识无所不知，那对今天的这一切，它肯定是早就知道的了。只是，它在给尉萌萌捣乱，硬是不浮出海面，使尉萌萌的显意识一直处于无知状态。

应该说，尉萌萌对严冬的幻想不是没有原因的。她结婚一周后，就有同学给她传递了严冬的信息。说严冬决定离开那个小寨子了。尉萌萌当时听后并没有为之心动，严冬的事情她实在不愿意再想了。然而，严冬居然在一个她一个人在家的晚上，给她来了一个长途电话，听到严冬的声音，尉萌萌的心从此不平静了。这才引起了她对严冬的想像。她在电话里，非常坦然地给严冬谈她和季怀谷的关系，她和季怀谷结婚很幸福。现在才想起来了，严冬对她谈季怀谷，一直保持沉默，有一种难言之隐。她当时却全然不去理会。

尉萌萌现在悠闲地来到了别墅的一个亮堂的大房间里，她坐在窗前，看着窗外的一棵山楂树（这是季怀谷很喜欢的树），开始从现实的角度来拷问自己了。

她当时是不是因为恐慌，才和季怀谷一路绿灯地谈起了恋爱，并很快结婚？因为季怀谷有条件使她再一次把自己固定在一个地方，而不必去面对一个陌生的空间。而且这个固定地还是这般的富丽堂皇。是的，她从K市回来后，像是得了一种病似的，害怕一个人面对生活，她设想过，如果再和严冬在一起，严冬不定还会闹出什么古怪的事情来。

她确实走到今天了，今天的生活里是没有严冬的，然而她脑子里却有。

并且，随着尉萌萌在这座别墅里的日复一日，严冬在她记忆的屏幕上也日复一日地活跃。他的出镜率也越来越高，别的人仿佛都成了他的可有可无的点缀，他始终是个中心，他在有意无意地挤走别人，以致于尉萌萌记忆的屏幕里，在有些时间里闪动的只有他一个人。尉萌萌的理智已经注意到了这个问题，可她却没有能力改变。她只能一任严冬在她记忆的屏幕上走来走去，她只能拿眼睛端详来端详去，不断地发现他气质里一个又一个特点，她新发现的这些特点反过来又加深着她的记忆。

应该说，尉萌萌的回忆，到了这个地步，才有了比较清晰的线路，那就是以严冬为中心点，向着一个尉萌萌尚不知的方向发展。在人们的感觉里，回忆就是回忆，和现实生活是不会相交的。这是人们认识的误区。我们的意识每天都在提前预告着我们什么，只是它预告我们的内容，往往是令人费解的。由于费解，我们就忽略它。我们这种知难而退的行为，往往导致这样的结局：事到临头，惊慌失措，仿佛一切完全出人意料，让人没有一点准备。我们是很少谴责自己的，我们总是谴责生活。尉萌萌和我们大多数人一样，她眼见着自己的回忆朝着严冬引导的线路发展，却没有想到这正是一个事件的先兆。不是她不想搞清楚自己，而是从当前状态看，她的回忆和现实确实毫不沾边，仿佛离着十万八千里似的。

在尉萌萌这里，现实是现实，回忆是回忆。回忆是由于她在现实生活中的“闲”导致的，没什么大不了的。尽管她的回忆从时间角度算，已经占去了她一半以上的时间，然而，在她看来，这依然不能说明什么。她的现实是由这所别墅和丈夫构成的，她只承认这一种现实，意识的现实不仅她不承认，也不会有人承认。

就这样，尉萌萌在丈夫不在家的时日里，尽情地被回忆包围。往日和严冬交往的一切，都在意识的屏幕里放大了几倍地给她看。他们交往的每一个眼神，每一个举动，每一个小小的不起眼的叮嘱，都令人吃惊地在她的记忆里跳跃。人脑的记忆力原是这样的强健，那储存器比电脑是强多了。很多时候，我们感觉自己的大脑是那样的健忘，根本原因是由于我们"不想"记住。

季怀谷回来的时候，有关严冬的一切回忆，自动中止。就像是给电脑输入了一条命令。人脑也是在不断地接受着各种各样的命令的。如果仔细研究研究，人脑应该比电脑更灵敏更微妙。

有一天，尉萌萌在一个新开的大商场购物时，突然"遇见"了严冬。

尉萌萌自从和季怀谷结婚后，就再也没有想过见严冬，即便她知道严冬又要选择回来，她也坚决拒绝两人相见。从那一次以后，互相之间也没有再通过电话。在这个新开的大商场里，当他们的目光碰到一起时，双方的目光里都流露出了某种惊讶。很快，又都变得自然起来。他们互相问候了一下，便都找不出别的话可说。这时，尉萌萌仿佛为了挽住严冬似的说，我很早就听说你要回来，没想到在这里见面。严冬不说话，尉萌萌无话找话地说，我知道，你会养花。我想向你请教请教。这个话一出来，让任何熟悉他们俩以往的人，都会有某种联想，而这种联想都指向一个目标，那就是他们俩有"戏"。而在尉萌萌看来，这没有什么呀，本来又是同学，和他谈谈有关花草的养法，这不是很正常的么。人就是这样自己骗自己，不愿去看自己那真实的愿望。

严冬说，我可以到你家看看你养的花吗，这样更有针对性。尉萌萌说，可以呀。

我们说，尉萌萌以这样的方式对待严冬，是非常顺理成章的事儿。她在那座别墅里，不知多少次地和严冬在记忆的屏幕上交谈。所以，在这人来人往的商场里，她"偶然"地碰见他，不自觉地就对他说出这些话，这不是非常自然的行为么？再看他们俩的"偶然"相遇，我们可以对这种偶然来一个猜测，为什么偏偏是他们俩"偶然"相遇了？会不会是他们俩都在意识里"想"着对方，他们受着意识的指引，鬼使神差地来到了商场（因为严冬是从来不爱逛商场的），而在这么多的人中，在这么大的空间里，他们原本也是有可能互相错过的，然而，由于他们在潜意识中，一直忆念着对方，他们顺着潜意识的指引，才互相走到了对方的面前。所以，我们面上看到的"偶然"，很可能是潜意识有意为之的。

严冬对着尉萌萌的"可以呀"，稍做犹豫，便说，那我以后找时间去看看你的花。严冬的"找时间"比较含糊，然而，尉萌萌却说，别以后了，就现在吧。咱们在这儿逛逛，就一同到我那儿去。这时，尉萌萌看上去，神情挺活跃，甚至有些天真。在严冬看来，有些像学生时代。她和严冬在一起念书时，就常常带着一种天真的神情。

我们说，尉萌萌的天真是装出来的么？不是。她日复一日地在别墅里回忆，在回忆里，她的神情，都是这样天真的。和严冬在一起的她，就是这么天真。这正是回忆强化给她的印象。所以，眼下真的和严冬又在一起了，她不自觉地就变成了回忆里的那个她。仿佛这是一个角色认定。

严冬对她这一次的邀请,犹豫了一阵,还是答应了。

他们俩一块逛了一会儿商场,便都表示“没什么看头”,他们对商场的厌倦,向我们暗示着他们想单独呆在一起的愿望。

在这种愿望的驱使下,他们很快就离开了商场。轿车很快就把他们送回了山后的别墅。

令我们惊讶的是,在山后的别墅里,他们相对而坐不过十分钟,便拥在了一起。听上去,时间仿佛短了些;然而,对于他们俩而言,这十分钟的开场白,已经够长的了。要知道,他们从上学到毕业到工作到同居,这是多少年的积累。按照感情的积累,他们一见面就会抱头痛哭或热情拥吻。那么,为什么没有如此呢?难道有谁在阻拦他们吗?没有谁。阻拦他们的是他们自己。他们受着太多的现实的纷扰,他们有着太多的现实的愿望,他们对自己的感情一直想置之不理。他们并不是不知道感情的存在,只是他们不去理睬它。然而,他们还是没有控制住自己。

现在,在现实已经完全不允许他们在一起的时候,感情因遭彻底的否定而开始了反抗。

当然,他们有了两性之间的动作,并不意味着他们有什么成形的想法。他们这么快地拥在一起,不过是一种感情反抗的形式而已。而且,这种形式会持续相当的一段时间。因为无论什么事,有了开头,就幻想着有结尾。

严冬虽说重新回来再也不想走了,但是,毕竟对自己的前景还是茫然的。并且,目前心绪还不太稳定。能和尉萌萌在一起,在感情上他是很愉快的。在某种意义上说,是一种放松。他需要这种放松。再说,他对季怀谷这一类先富起来的人一向抱有成见,而他又认为,恰是这种“富”,夺走了尉萌萌。在尉萌萌结婚以后,他曾多少次地想过尉萌萌的选择,他

无法谴责尉萌萌，因为自己确实深深地伤害了尉萌萌，然而，他对季怀谷却有一种说不出的仇恨。

严冬在别墅里和尉萌萌一直消磨了两个多小时，才离去。

那正是季怀谷快回来的时间。

从此以后，尉萌萌就结束了回忆。因为回忆是这样快速地将严冬引到了她这里，回忆已完成了自己的使命。它自然就隐遁了。

严冬取代了回忆。

尉萌萌需要的或者是回忆，或者是严冬。

季怀谷做生意是那样的忙。整天不在家。这使严冬的到来与离去，都是那样的从容，心境也是那样的坦然。并且，别墅在山后，住在这里的人很少。严冬常常怀疑这里除了尉萌萌，没有别人住。尉萌萌说，偶尔还是有人住的，只是你看不见。

严冬来来去去，看见的只是树林。山后，除了这一片别墅（当然好多都是没人住的），就是一片又一片的树林，无论远看还是近看，风光都是极美的。可是，严冬想，就是太冷清了。

有时，几天不来，严冬就担心尉萌萌一个人在这里是不是冷清。当他告诉尉萌萌这一点时，尉萌萌总是笑着说，没觉出冷清，只是觉出幽静。而幽静，正是她所喜欢的。她喜欢这里。而尉萌萌真正喜欢的是这里没人。

尉萌萌在季怀谷面前，总是规规矩矩，文文雅雅的。而在严冬面前，就变得十分活泼像个小姑娘。她在季怀谷面前的礼道与约束恰好与在严冬面前的放松和自由成了一个对比。当她一个人时，她就在自忖自己，究竟哪一个她更真实一些，更本质一些。想来想去，她觉着两者仿佛都是出于她内心深处的一种需要，她需要做一个妇人，像在季怀谷面前那样；但她也需要做一个"小姑娘"，像在严冬面前那样。不知道是这两个男人使她变得这样分裂，还是她本身就有这种分裂的因素。

季怀谷这一阵为了一笔生意，经常往外地跑。用季怀谷的话说，这一笔生意，对于他至关重要。在季怀谷去外地的时候，严冬就常常晚上也到尉萌萌这里来。不过，他却从来没有在这里住宿过。他只是在这里玩到很晚才走罢了。大多数时候，严冬都是十二点左右就离去。尉萌萌别的朋友来玩时，也常常会玩到这个时候。只不过，没有人会像严冬这样到这里来得那么频繁。

这天晚上，严冬在尉萌萌这里已经打算着离开了。季怀谷却突然摁响了门铃。我们说严冬已经打算着离开了，是因为严冬已经来到了院里，在花园旁边，正为了几盆花的养法多说了几句。这时门铃就响了。尉萌萌立即示意严冬去花园里面的一棵老松树后面。这棵老松树据考证，已有百年以上的历史了。建别墅的时候特意保存下来的。尉萌萌见严冬已在老松树背后藏好了自己，她才慢慢地不慌不忙地去把大门打开了。

季怀谷一进院子，双眼就紧紧地盯着尉萌萌，鼻子就不时地嗅嗅，仿佛有什么异味似的。尉萌萌就体贴地挽住他的胳膊说，进屋吧，这么晚回来，一定很累了。季怀谷象征性地拥了拥尉萌萌，示意尉萌萌先进屋。然后，他就折回去关了大门，上了锁。回头见尉萌萌还站在院里，他就对尉萌萌说，你先进去。见尉萌萌不动，他又说，你先进去。尉萌萌只好犹犹豫豫地进了房间。尉萌萌在房间里再一次地向他回头，他说，把门带上，外边风大。尉萌萌就把门

关上了。尉萌萌关好了门，心里正惶惑间，她就听见院里一声枪响。尉萌萌刚要开门，一个家丁推门进来了，家丁说，没事。季先生刚从南方买了一把猎枪，他在试枪哩。尉萌萌在幽暗的灯光下，脸已白得有如一张纸。

不一会儿，季怀谷就进屋了。手里果然拿了一把猎枪。他对尉萌萌说，这枪不错。没有上当。然后，他就吩咐家丁把枪挂在了墙上。

他拥着尉萌萌上了楼，进了卧室。

在卧室里，季怀谷又像往日一样，和尉萌萌亲热。在亲热中，还不时夹杂着告诉尉萌萌他这趟南方之行的收获。读者诸君可以想见，尉萌萌的心是怎样惴惴地接受着他的亲热。亲热过后，像往日一样，他很快就响起了鼾声。

尉萌萌那一夜没有睡。也没敢下楼。

第二天一早，季怀谷就出门了。尉萌萌来到了花园，来到了那棵老松树背后。那里什么也没有。既没有严冬，也没有血迹什么的，一切都和往日一样。

然而，尉萌萌从此以后再也没有见到严冬。

尉萌萌曾到处打听过他。然而，没有人知道他的去向。他本来就是个流浪的野人（尉萌萌的一个同学语），行踪从来就不定，他去哪里都是有可能的。有朋友这样对尉萌萌说。

日复一日，尉萌萌在别墅里，又开始了回忆严冬。只是这时的回忆比先前的回忆更具有了令人惊心的内容，这就是严冬在哪里？

9

再次敲开你的门

季怀谷有一次到深圳出差，不意间想起了小米（因为小米曾说过她要到深圳）。他一个人躺在宾馆里，不知为何就拨起了小米的手机。原本也没想到能通，拨拨试试而已。可谁想到，真通了。小米居然一直没有换掉手机。小米一听是季怀谷，兴奋地又哭又说，弄得季怀谷很心酸。小米说，这些年来，她从来没有忘掉他，实在是忘不掉，云云。季怀谷告诉小米，他已经结婚了。小米一点也不吃惊，我知道，你肯定是结婚了，我想过，你会结婚的。小米一定要见季怀谷。于是，季怀谷就去了小米处。

小米现在自己开了一家书店。在深圳买了房子，一个人生活得很滋润。季怀谷去后，两个人像久别重逢的老情人，几乎没有什么过渡，两个人就又恢复到了从前。本来，季怀谷突发奇想要开发荒山，小米才离开的。从感情上说，两个人也没有什么破裂，顶多可以说时间一长，两个人的感情淡了而已。现在，隔绝了这几年，两个人又像久别的情人，干柴烈火，好不痛快。季怀谷没有想到，他无意识中拨的这个电话，居然引来了小米这样的狂热。在季怀谷离开的时候，小米的恋恋不舍，也使季怀谷很难割舍。

深究一下季怀谷的内心，他不是不爱小米，只是觉得小米不是他的妻子。这也可能和小米最初进入他的生活是以情人的角色定位有关。小

米是在季怀谷对钟美芬的鼻子实在难以忍受的情况下，闯进了季怀谷的感情中，一开始就是以偷情的身份出现，而后就再也难以改变这个角色了。季怀谷老是觉得小米不可能是他屋里的主人，尤其不可能是他别墅的主人。所以，小米对他再好，他也不往这方面想。季怀谷和小米常常有这样的对话，我们听听这两个人的对话，就很明白两个人的心中所想。

小米：你娶的那个美女难道对你就那么合适，我就不信能比我合适。

季怀谷：也可能不如你懂我，可我一定会娶她。

小米：为什么？

季怀谷：我第一眼见她，就觉得她就是属于我的。

小米：那你第一眼见我呢？

季怀谷：心里话，我只想对你倾诉一下心中的苦闷。

小米：我知道是我的长相没有打动你。

季怀谷：其实你长得也挺漂亮。我只是没有那样一种感觉。

小米：你能细细地给我说说那是一种什么感觉吗？

季怀谷：这个不好说。

小米：那你说说你别墅的女主人吧。

季怀谷：尉萌萌么，她确实极美，也可能对女人这很重要，美貌容易获取男人。可是，对于我，这不是最重要的。最重要的是，我一见她，就觉着她就是我身上的那两根肋骨做成的，她重新回到我这里，是极自然的。

小米:我明白了,我不是你身上的那两根肋骨做的,那你还和我交往什么。我以后也得好好管管自己,不再跟你搞这种情人勾当了。

季怀谷:听听你这话,理解到哪儿去了。她是我身上的两根肋骨做的,固然很亲切。可是,你不是我身上的肋骨做的,不是更容易吸引我么?

小米:对于女人,这种吸引又有什么意义,最终没个靠。

季怀谷:你怎么变成了一个封建女人了,什么叫靠啊,你自己不是挺好吗,又有钱,又自由,还要什么靠。

小米:不是钱的事儿。我要的是老来有伴。

季怀谷:老来我也给你做伴。我经常来看你,不就完了。还新鲜,还不厌倦,彼此永远渴望着对方。

小米:我到了老年,指望你一年来那么两趟,我死了多少天也不会有人知道。烂在屋子里,也不会有人知道。

季怀谷:你怎么光说这丧气话,以后的事儿谁能知道。你想那么远干什么,活一天高兴一天,不就得了。

小米:那是因为你有了别墅主人,如果你没有别墅主人,看你还能这么说。我以后也得找个伴,年龄越大,越有这想法。世界这么大,我就不信我找不到。

季怀谷:你若真找到了,你就烦了。

小米:我不烦,我现在年龄大了,我需要屋里有人。

季怀谷:我保证经常来看你就行了,还非得日日厮守,有什么意思。

小米:如果真没意思,那你找那么个美女放家里干什么,你自由自在多好。像我一样,我和你在一起,心里还平衡。

季怀谷:你有什么不平衡的,千万别往那个歪地方想。你角度一换,什么都好了。你就这样想,我自由自在,还有男人来看我。既有自由,也不乏爱情。我是世界上最幸福的女人,这就好了。

小米:就你会说。

季怀谷:我不是会说,真的是这样。

小米:你保证经常来看我。

季怀谷:我保证。

从此以后,季怀谷就经常跑深圳。每一次去,都和小米云雨一番。小米自从再见了季怀谷,就常常懊悔自己当年不该轻率离开季怀谷,坚守在那座北方城市,到季怀谷从农村回来的时候,季怀谷顺理成章就会和她结婚。她应该等待下去,直到季怀谷找不到小芳,对她的热情再次升温,他们就会在热度很高的情况下办成这件人生大事。她就会是"加州别墅"的主人,而轮不到那个尉萌萌了。

可是,现在小米只能是季怀谷的老情人,做着她那个老本行。小米在狂热过后,常常抱怨,自己真是命苦,紧赶慢赶赶不到点上,怎么人家尉萌萌那么命好呢。季怀谷就说她,别想那些了,现在这样不是挺好吗。小米就说,你是挺好,碗里的锅里的都有了,我是个什么呢。和当年咱们在一起不一样,当年你也是单身,我也是单身,都是未婚,咱们同居,公平合理,心理也很平衡。现在,你一走,我心里就不平衡。我知道,你又回到尉萌萌身边了,你们又去夫妻恩爱了,只有我傻等着下一回。有什么意思。

季怀谷就劝她,你这样也很好,自由得很,没有婚姻负累。小米就说,我现在这个年龄,喜欢结婚。你要是离婚,我明天就和你结婚。季怀谷说,我经常来看你,还不一样。小米就说，不一样。

季怀谷一出差就想法拐到小米这里看她。

两个人一见面，往往都有这样的开场白：

季怀谷：我又回家了。

小米：我这才叫“爱上了一个不回家的人”呢。

季怀谷：这样才刺激。

小米：再刺激，也不如长相厮守好。

季怀谷一边亲吻着她，一边说：你这是没有什么想什么。

小米在季怀谷的怀抱里，说：你有了你才不想。

季怀谷：我对你的激情是对尉萌萌所没有的。

小米：你天天守着她，天天都这么激情，你不累死。

季怀谷：这不就看出不结婚的好处来了？

因为季怀谷知道小米总是想结婚，小米前几年还不这样，这几年一个人过够了，总是想着结婚。特别是见了季怀谷以后，总是扯这个话题。这使季怀谷很不是滋味。

小米：我宁肯要那种天天在一起，也不要目下这样的激情。

季怀谷：你真是不知足啊，我没法说你了。

小米：那你就别说了。

两个人不说话了，只顾动作。激情地做爱，季怀谷确实只有在小米这里才能施展出来。和尉萌萌，他总是做得很有分寸。他自己也不知为什么，仿佛和尉萌萌在一起，无法全面展开自己，总是还留着一个什么面子。他没法粗野，也没法变换花招。也许真应了某个名人说的，由于对妻子的尊重，男人在妻子面前，总是无法得到性爱的全部满足。因为他不敢对妻子胡来。

季怀谷深知，和小米就不同了。他在小米这里，总是“胡来”。而“胡来”给他带来的快感，是别人无法想像的。也许，这也正是他觉得小米无法当他的妻子的原因。他真的不能想像，一个做了妻子的人，像小米这样，妓女一般地和男人云来雾去，怎么痛快怎么来。这是妻子吗？这不是妻子。这只是一个妓女。起码在季怀谷的内心深处，他就有这样的认可。所以，他不会娶小米这样的女人。他不会娶一个妓女。

当然，小米全然不知季怀谷的内心。小米作为一个女人，她始终痴心地以为，能使一个男人快活，这个男人就不会抛弃她，最终就会娶她。男人不都是图快活吗？有哪一个男人敢说他不在乎这个？所以，小米的内心深处甚至还幻想着某一天季怀谷会奔向她这里，和她永结百年之好。

女人就是这么痴心。女人就是这么无知。尤其是像小米这样的女人，现实得很，以为男人在性爱上也是那么现实，有奶便是娘。仿佛女人是个做爱高手，就能俘住男人。而全然不懂得，一个男人，他对于自己更敬重的女人，往往不敢放肆；对于他不敬重的女人，像妓女一类，他才肆无忌惮。

于是，就出现了小米和季怀谷在情感上的错觉。小米对季怀谷越热情越放浪性爱越欢，小米对于自己最终取胜越有把握；而季怀谷，越是认定小米是性爱高手，越不可能和小米结婚。季怀谷正是属于那种不可能和自己敬重的女人放浪的男人。季怀谷一旦和哪个女人达到性爱狂欢，他一定不会娶她。

其实,季怀谷和小米在闲谈中,也流露出了这个意思。只是,小米的心处于痴妄中,已经看不见事情的真相。

两个人性爱过后,常常有这样的闲聊:

小米:我想,最终我会永远地获得你,我会战胜你屋里那个美女的。

季怀谷笑笑:我是一个不会离婚的男人。结了婚我就不会轻易离婚。

小米:我对自己有信心。

季怀谷:尉萌萌是一个非常适合做我妻子的人。她适合我。

小米:那是因为你不认识你自己。男人都是盲目的。你其实更需要我。

季怀谷:那是不一样的。

小米:时间会使你改变自己。

季怀谷:难道你不知道“禀性难移”这句话吗?

小米:我相信爱的力量,我只相信这个。

季怀谷:人的性格是比爱更有力量的东西。

小米:我不信。咱们俩走着瞧。

季怀谷:那就走着瞧。

这天,在回家的路上,季怀谷接到了一个电话。是小米打来的。于是,他决定明天还是跑一趟。他一到家,便告诉尉萌萌,为那笔款子的事儿,他明天再飞到Q市。当然,Q市对他并没有吸引力。只是因为小米的那个电话,在那个瞬间,他想起了在深圳的小米,想起了小米这一阵子的心情。小米怀了他的孩子,他劝小米做了人流。小米这一阵子给他打了许多电话。他确实忙脱不开身,没有去。小米生气了。而Q市确实欠他的款子，他想要讨回这笔款子也是真心。于是，他想顺便两件事都办了，既去催款子（对尉萌萌有个交待），也去看小米（对小米有个交待）。他便下了决心，去。按现在的说法，小米可算是他的老情人，当然，他是从来不愿用情人这个词的。他宁肯只喊她小米，而从来不提情人这两个字。想着小米，他就觉着这一趟去 Q 市挺有意思。

晚上，他对尉萌萌讲了他明天要去 Q 市需要呆几天。尉萌萌瞪着眼看着他。在那瞪着的眼里，他仿佛看出了怀疑。他又平静地对尉萌萌解释了一遍。尉萌萌半信半疑地嗯了一声。后来，尉萌萌就说，既然是明天出差，那就早睡吧。他以为尉萌萌要对他有什么动作或说法，然而，在床上，尉萌萌什么也没有做也没有说。

一夜无事。第二天，他就走了。

他没有去 Q 市，而是去了深圳。他要先去看小米，然后再去 Q 市。

自然，这一次，小米没有在车站接他。因为小米刚刚做了人流，需要休息（这是他上一次到来的结果）。再说，他也不允许小米去接他。他一个人背着包，径自去了小米的住处。

打开小米的门（他有小米的门钥匙），小米果然躺在床上休息。小米一见他，就泪流满面。他就上前拥住小米，安慰她。他一边亲着小米，一边说，我做得不错吧，我说到做到，我不会丢下你，我要常来看你。就算我不出差，也没什么事，只要你需要，我会立即赶到。而且，我会永远这么做。小米说，不必了，我不需要了。他想，小米是个单身女人，有什么需要不需要的。于是心里就有一种说不出的滋味。前些时，是小米一次一次地给他来电话，要和他结婚，又是说又是哭（那是小米刚怀孩子那一阵）。弄得他打电话的手都打颤。但是，他却没有答应她。他也说不清自己为什么不答应她。他在夜里睡不着时，也曾反复自省，他为什么不答应小米呢。小米和他同居了那么长时间，和老婆一样。现在，自己开了个书店，经济富裕，长得也漂亮（当然比不上尉萌萌），并且小米又很会化妆，走在街上，总是会被注目礼包围。尤其是，她单身，怀了他的孩子，哭着闹着要和他结婚。而他的妻子是个极美又极要强的人，一旦知道了事情的真相，是会同意和他离婚的。然而，他就是不答应小米。小米只好做人流了。他并不是不爱小米。这是他在夜里睡不着时，反复的自省所做出的判断。那么他不爱尉萌萌吗？回答是否定的。他爱萌萌。

因为小米怀孕这事，季怀谷一夜一夜地追问自己。把自己都追问得疲倦不堪。他虽然承认爱小米，就像他无数次地对小米承诺的那样。有时他又否定，又觉得说不准。而且，他越往深处去想，越对自己有一种搞不清楚的感觉。在去见小米的前一个夜晚，他还对自己的意识穷追猛打了半夜。听着尉萌萌的鼾声，拷打着自己的灵魂，他还有着一种说不出的快感。

在小米的屋里，他拥着小米。看着小米白皙的脸泛着一层黄光，看着小米幽幽的眼神，他好像感觉出了她心的淡然。于是，他说，我想好了，我要对你负责到底。小米给他的回答是：晚了。

晚了。这两个字一下子粘在了他的心里。

他是在心里粘着这两个字的情况下，给小米说了许多甜蜜的刻骨铭

心的话。可是，看上去，小米并没有刻骨铭心。

小米只是掉眼泪，不断地掉。好像她心里有一种什么东西死了，她没有了热情。她以前可是个热情似火的女人。

他在小米那里呆了两天，除了小米的眼泪，他没有捞到别的什么。他很沮丧。

他走了。小米没有去送他。理由还是小米刚刚做了人流，需要休息。他一个人去了车站，坐上了去 Q 市的列车。

在车厢里，他一直呆呆地坐着，和谁也没有说话。他身边的人几次想和他搭讪，他都没有反应。他的眼睛无目的地瞟着车窗外。

窗外的原野和他茫然的眼神混成一片。季怀谷从那浑然一片的原野上看到的都是自己的眼睛。每一双眼睛都令他不解。小米变了，变得令他不认识了。小米做了人流，当然要休息。可是，在这看似合理的说法下，掩盖着的是小米的冷淡。他看着原野上的自己的眼睛，他的心好像明白了：小米厌倦了他。并不是因为流了产，更不是因为他在这之前没有答应她结婚，而是因为厌倦，因为厌倦而厌倦。就是这两个字：厌倦。瞬间，这两个字刀刻一般倔强地立在他的脑海。小米为什么厌倦呢，她是从哪一时哪一刻突然被这个念头征服了呢？小米又掉眼泪，又诉苦情，不过是掩饰自己的厌倦。她想把厌倦这两个字藏得天衣无缝，可是，还是被他的火眼金睛给看到了。这样想着，他不由得有一种愤怒，好像自己被谁给欺骗了似的。小米厌倦了就是厌倦了，为什么不承认呢,为什么还要掩饰呢?他看着原野上自己那不再茫然的眼睛,不由得思考起小米厌倦的根由来。

在列车的轰鸣声中,他想起了自己和小米交往的许多细节,许多仿佛早被遗忘了的镜头。通常男女之间那些人们所可能想像到的动作情节,他和小米都实践过。他重新想起这些,并不是要温习什么过去的情与爱,而是在仔细地寻找小米——或者说是一个女人,从热情到厌倦的所有秘密。他得出了这样的一个结论:女人的热情是靠不住的,女人的那些爱情动作,不过是因为女人有强烈的表演欲,女人需要演戏。就说小米,他记起了过去的一个镜头:小米把头偎在他的胸前,用纤纤小手把玩着他脖子底下的第一个扣子(无论他穿什么服装,她都对他脖子底下的第一个扣子特别钟情),粉红的小嘴伴随着手对扣子的把玩,娇娇地嘟噜着,她是如何地想念他,她是如何地睡不好觉,她那无可摆脱的一腔痴情,说着说着,泪水就顺着眼窝往下流,一串又一串,总也不停……她一边说着,一边抽泣着,手还对扣子不停地动作着,那情景,很是叫人动心。他每每在小米这里享受着这情景,回去以后就对尉萌萌百般地怜爱,以作补偿。当然,这一次,小米没有再给他来这个镜头,她的眼泪与动作都显得是那样地平实,再也没有以往的那种娇美动人。甚至还使他想到了属于自己的尉萌萌。女人当她不再演戏的时候,都差不多一个样。女人的热情就表现在她的表演欲上。她不演戏了,也就不热情了。她的热情是伴随着她的演戏得到升腾的。女人演够了戏,就都变成了妻子(当然尉萌萌例外,因为尉萌萌太美了,与其他女人就是不一样)。就像小米对他,很显然,她的表演欲已消失无踪。

当然,小米是不会做他的妻子的。他只是小米演戏的一个搭档。演戏的时候,小米喜欢找他,戏演完了,或者说演够了,他对于小米就什么都

不是了。走下舞台，就谁也不认识谁了。是的，以后小米和他，是注定谁也不认识谁的。

小米对他厌倦了，是因为他只是小米的一个戏中人。

既然散了戏，他再去找小米，小米当然会厌倦。“晚了。”这是小米对他说的两个字。什么晚了？究竟什么晚了？其实不过是小米在戏散场以后的翻脸无情。或者这么说，这出戏既然演完了，你就不要再说什么别的了，有台词应当在戏中说，戏中不说，戏后再补，那不是晚了吗？

所以晚了。

这样想着，他黯然地闭上了自己的眼睛。他不想再看到任何东西。他闭着眼，只是想着“晚了”两个字，女人厌倦时都爱说的两个字。

随后，脑子里就有了这样的理性线索：女人一旦演够了戏，就对戏中的男搭档厌倦，和女人演对手戏的男人终有一天都是会令女人厌倦的。

就像小米厌倦了他。

他能说什么呢？他只能闭着眼，不仅不能说什么，连看什么都不要看。

他就这么闭着眼一路到了 Q 市。

下车后，睁开眼，明晃晃的阳光刺激得他眼球发胀。季怀谷努力揉着自己的眼睛，以使自己适应这灿烂的阳光。这时，他看到有一位小姐，手举着牌子，上面写着他的大名。他知道，这是接他的人来了。他并没有要人接，他只是给 Q 市方面打了个电话，说他几时几刻坐哪趟车，难为人家派了小姐来接他。

季怀谷来到了小姐面前。

小姐好像很早就认识他似的，漆黑的眼珠动人地闪烁着，妩媚地向他做着自我介绍。这时候，他知道小姐不仅长得漂亮，而且还有一个好听的名字：纪红。纪红是欠款单位的办公室人员，这一次主要负责接待他。纪红把他领到了单位早已安排好的宾馆，坐下，和他聊起了单位的情况。应该说，纪红现在扮演的是一个非常容易让人误解的角色，让这么漂亮的小姐来接待讨款人，令谁心里都会起疑。可是，当纪红和他闲聊时，他的疑心慢慢地在云散。纪红是一个非常纯朴、天真的人，这从纪红的言谈举止一颦一笑中可以直觉出来。他相信自己的直觉。所以，他的疑心在和纪红聊了一个多小时后就已经消失无踪。而且，他也变得很放松。这一放松，他发现他的很多情绪便都流露了出来。他心里闪出了小米，闪出了“晚了”两个字，他特别想和眼前的纪红聊聊有关小米的什么。他看着纪红的脸（那是一张白里泛红的脸，使他想起“人面桃花”一词的脸），不由自主地转了话题。他说，女人，我很少有见到像你这样的（这又很像是一句什么台词）。纪红听了这话，不知怎的，笑得更纯粹了。纪红说，很多人都这样说我。真的，我已经遇到很多人这样说，不过，只有你说得最真（这听起来也像是一句什么台词）。他笑了，笑得脸上还有点红。

后来，不知怎的，季怀谷就和纪红说起了小米。他把纪红当成了什么人，事后，他自己都不好界定。他只觉得，他心里的很多话，他想对纪红说。纪红能够使他有这种欲望，纪红勾起了他的某种诉说欲。他告诉纪红他和小米的事儿，当然，他并没有说具体的细节，他只是说一句留半句地吐露着，他更没有说小米的名字和所居地点。他云里雾里，但是让听者能够知道他和一个女人正陷进了一种瓜葛中，他很烦恼。纪红也并不去问他，只是听他半吐不露地说。她是一个忠实的倾听者。

纪红善于做这样的倾听者，她经常为人扮演这种角色，她对这种角色非常熟悉。因此，扮起来非常到位。她只是睁着一双大眼，天真无邪地看着对方，既不做任何判断，也不显露任何别的表情，她只是单纯地在听，而且是一副很愿意听的样子。许多人在烦恼的时候需要的只是一个倾听者。

纪红成功地扮演了这样一个角色。这使季怀谷不仅烦恼消失大半，而且还恍若有到家的感觉。或者说比到家的感觉还到家。因为在家里，他和尉萌萌根本不会谈这样的话题。在尉萌萌面前，他也根本没有谈这种话的欲望，在尉萌萌面前，他从来都是一个专注于爱家爱妻的好男人，甚至还有些怕老婆的意思。他和尉萌萌在一起的神态举止，让人看起来，总是好像有点沉醉的味道。而在尉萌萌以外的女人面前，他总是高傲的。他自己心里曾暗暗地想：也许这叫堤内损失堤外补。

现在，他面前的纪红，是这样的包容，这样的温柔，这样的富有人性，他心里的许多话此刻不说更待何时？他一边吐露着，一边发着一些感想。到吃中午饭的时候，他和纪红仿佛已是故交了。当他们并排着往餐厅走去的时候，他脑里涌出的是这样的白日梦：他和纪红已经交往许多许多年了。许多年以前，他们曾在一棵大树下嬉戏，纪红是他青梅竹马的小妹妹……

在这个白日梦中，他并没有把纪红想像成那种两性意义上的女人。在他的潜意识中，纪红仿佛永远都是那个纯洁的小妹妹。而像小米那种的，才是女人，才是叫他心理不放松的女人。

纪红陪他吃了中饭，告诉他，晚上老板才能从外地回来。老板回来，就会赶到宾馆，和他共进晚餐。并商讨欠款的事儿。

吃完午饭，纪红嘱他好好休息一会儿，睡一觉，待他睡醒了，她再来。纪红的话语和神态都是那样的亲切，令他再一次想起了他的白日梦。

纪红走后，他并没有休息。他躺在宾馆的床上，心里又想起了小米。关于小米，他心里好像积压了好多的话，纪红走后，这些话无人诉说，只能在自己的心里翻腾。他又一次想起小米没有到车站送他的镜头，他一个人在车站上，万般惆怅，他茫然的眼神在人缝里到处搜寻，他在下意识地幻想着能看到小米正偷偷地站在某个陌生人的背后看他。他最喜欢的是这个镜头，而且以前小米也曾表演过这个镜头（那时候，他不让小米去送他，小米面上答应了，可当他一个人在车站上等车时，却无意中发现了小米在人缝里送他）。可这一次，他看来看去，人缝里没有小米，他的眼无望地在人缝里搜寻着，还是没有。一直到上车，他才死心塌地地坐在位子上，可眼睛还是不听话地往车窗外看，好像会有什么意外发生。然而，一切都是那么平平常常，人缝里那个深情地目送着他的小米永远地消失了，再也不会回来了。为什么呢？因为她演够了这场戏，她单方面地退出了舞台，她把他一个人晾在了舞台上，傻乎乎地茫然着。

而且，这茫然一直跟着他来到这宾馆的床上肆虐。

季怀谷想，他也应该退出舞台，可是，为什么他退不下来呢？

他躺在床上，眼睁睁地看着自己在舞台上茫然着，没有力量退下来，心里真是难受极了。

他就这样难受了一中午。

纪红来时，他告诉纪红，他睡得很好。纪红用美丽的眼睛审视着他，只是善意地笑着，没有说什么。

纪红说，老板提前赶回来了，过一会儿，老板就来了。

季怀谷听着，点着头，心里并没有回过神来。

既然老板一会儿就来了，他好像忽然不知道该给纪红说什么了，虽然小米的话题还在他的心里翻腾，但在老板来之前，他们再说这个话题，显然不合时宜。可别的话题，他心里确实又没有。所以，在那极短的时间里，他感到了某种尴尬。好在纪红给他聊起了她的老板，他立即也附和了起来。究竟他说的是什么，他自己都不知道。他只觉得小米的话题，一个劲地往他的嘴上涌，他只有一次一次地把它们压下去。时间在他的抑制中一分一秒地过去了。

终于，老板来了。

老板痛快、豪爽，见了季怀谷，除了抱歉，就是开门见山，很快把他讨款的事儿解决了。他们先付一半的款，另一半，等下半年一定付清。季怀谷立即给家里的尉萌萌挂了电话，表示满意。他没有想到这一次这么顺利，心情也不由得开朗了起来。他和老板拉起了呱，事情既然在几分钟内就解决了，按说他也真没有什么可以挂心的了，完全可以敞开心扉了。他也做出了敞开心扉的样子，和老板聊起了现在做买卖的难处，脸上的表情也很丰富。可是，聊着聊着，心里就好像有一个什么疙瘩在哽着他。他做出一种不在乎的样子，继续聊，这疙瘩就哽得他更厉害，使他说着说着话，就突然中断。而且还想不出自己说的是什么，得问问纪红或老板，才能接上话头。

后来，季怀谷就向老板提议，他想出去转转，既然事都办完了，他也没心事了，他想好好看看 Q 市。老板立即附和，确实应该看看 Q 市了，变化多大呀。老板让纪红陪他转，他自己有事就不陪他出去了。这正是他心里巴望的。

当老板离去，他和纪红在一起时，他的心一下子变得踏实了。应该说，他现在对纪红更信任了。在讨款的事儿没有解决以前，潜意识中，总还有些不放心，仿佛纪红是一个什么诱饵，尽管纪红没有给他半点这种印象，可世俗的那些有关这方面的不好的信息一直储存在记忆的深处。现在总算是再也没有这种顾忌了。

根据季怀谷的提议，纪红带他来到了一个咖啡屋。

就在啜着咖啡时，季怀谷又向纪红提起了小米的话题。

当然，在纪红面前，他没有提“小米”这个名字，他是以“女人”来代替这个名字。

这一次，纪红没有像上次那样只是听，纪红说了这样几句话，一下子烙在了他的心上。

纪红说，女人，最需要的是一种沟通，在很多时候，她处在迷雾当中，可她并不自知。这种时候，需要的是男人的点拨。其实，人活着为了什么，不就是要自己一点一点地清醒吗，正像一本书中说的，我们都是成长中的魂灵，我们都在力争觉醒。我是相信死后的世界的，人如果至死都不能觉醒，那魂灵在另一个世界里，依然被痛苦煎熬。在痛苦中挣扎，为的还是觉醒。人的魂灵是不死的，从这个意义上说，死对人生并不是一件可怕的事儿，人死魂在，依然可以追寻。说到这里，纪红停了停，看了看他，又说，真的，如果死能使灵魂更清醒，更觉悟，我倒宁愿选择死。

纪红说着这样的话，仿佛很来情绪。她为什么会在这一时刻说这样的话，她自己并没深想，纪红只是面对着他，想说，她就说了。说完，连她自己都觉着挺惊讶，平日她是很少说生死这个话题的，而且在这个陌生人面前，她自认还表达得挺深刻的。说完后，她只顾惊讶自己怎么还有这么深刻的生死观。

他听着纪红的这些话，内心的一道梗阻仿佛冲开了。的确，他为什么不能和小米沟通一下呢，他心里的这些话就应该对小米说，而且这也正是小米需要的，正像纪红所说的，女人是需要男人点拨的。如果他现在一走了之，迎合小米所说的“晚了”两个字，定不准正是对小米的不负责任呢。

这时候，季怀谷心里就生出了一念，他在 Q 市的要事已经办完了，而且托纪红的福，办得这样顺利（这是他很少遇到的）。他要再回深圳，他要再一次地去找小米，他要给小米谈他心里的一些话语。他要叫小米“觉醒”。

这念头一生，他就仿佛觉着一刻都待不住了，他要立即见小米。他看着纪红（目光中透着感激），他要和纪红告别。纪红点醒了他，纪红使得他一下子明白了什么，他不能再待在 Q 市浪费光阴了。这时候，他的心好像已经飞到了深圳。

季怀谷不由自主地对纪红说，他要回去。他这里的事儿也办完了，他家里还有事儿。他呆在这里没有意义了。

纪红看着喝了一半的咖啡，又看看他说，那也不能说走就走啊。

纪红的话非但没有挽住他，反而像提醒了他什么似的（他和纪红在一起，纪红好像总是在提醒他什么似的），他立即站了起来，真诚地看着纪红说，我的确得说走就走。我家还有急事呢。

纪红被他闹愣了，只是直着眼看他，颇觉不可思议。

这时候，季怀谷已经拨通了纪红老板的电话，说他有事马上就要回去，晚上不能在这里吃饭了（纪红的老板已经说好了，今晚上宴请他）。老板显然在那边挽留他。因为季怀谷在这边费了许多口舌，说他家里的事儿有多么的急，让人一听就是编的。

说通了老板，季怀谷立即跟纪红道别。这时候，纪红挽留他的话语显得是那样的没有分量。和他的急切相比，别人的挽留，都成了一种不识时务。

季怀谷就这样匆匆地离开了 Q 市，而且不让纪红去送他。纪红陪他回了宾馆，他坚决不让纪红送他去机场。他要一个人走。弄得纪红也只好由他去了。

季怀谷不想让纪红知道他回了深圳。所以，他要一个人去机场买深圳的机票。他要去见小米。他要去叫小米“醒悟”。

他是在夜里 12 点来到深圳的。

下了飞机，他直奔小米的住处。

季怀谷按了三次门铃，小米才在屋里懒洋洋地问，是谁呀？显然，小米已经睡了一觉了。他大声地在门外喊，是我。

小米给他开了门，见他的第一句话就是，你怎么又回来了？然后便打着哈欠朝自己的卧室走去。小米的情绪显然很厌倦，他只有尾随在小米的后面，背着自己的包，也跟到了卧室。

小米坐在床上，季怀谷坐在椅子上。季怀谷看着小米，小米的脸依然是那样虚弱苍白；最主要的，在这虚弱苍白的外表下，掩盖着的是一颗厌倦的心。他强烈地感觉到了这两个字：厌倦。季怀谷对小米说，我这次回来，是想跟你好好谈谈。小米不看他，把眼睛瞟向茶几上的一束花，说，我很累。季怀谷知道，这个时候，按照以往的惯例，他应该对小米说一些安慰性的话，他也想这么做；可是，流到嘴边的却是：你的累，是因为你已经没有了激情。小米听着他的话，依然不看他，说，也许吧。激情是不好勉强的。季怀谷看着小米那不看他的眼，心里有一种说不出的强烈情绪在涌动。季怀谷说，我连夜赶回，你不觉得我也很累吗？小米说，的确累，不过，你不觉得你没有必要这样吗？

两个人的话在这里僵住了。

不知怎的，季怀谷有一种很不对劲的感觉。他赶回来，本是要给她谈谈心里的那些话的，现在好像一切都被堵住了。他心里又涌出了纪红所说的，女人需要点拨。他要点拨点拨小米，这正是他这次来的目的。明明小米已经听不进他的话，可是，如果他不说，他坐在这里，就更显得荒唐了。夜深人静，他跑到一个女人这里，不是为了坐着发呆。季怀谷好像受了一种莫名的驱动，他一定要说心里的那些话。于是，他也不管小米情绪上是如何的对抗，他就把他心里曾经想过的有关女人演戏的那一套话说了出来，结论是，小米以前和他不过是演戏，她的那些热情不过是为了要演那出痴情戏而迸发出来的，戏演够了，她就退场了。所以，她冷淡，她厌倦。季怀谷这些话，一经说开，他就像刹不住车似的，越说越多，越说越来情绪。小米坐在床上，一再气愤地喊着“够了够了”，季怀谷都听不见似的，还在按照自己的思路说，用词也越来越锐利。直到小米抓起枕头，做出了捂住自己的耳朵的动作，他还在说。

小米扔掉枕头，气愤地钻进了被窝，用被子蒙上了头。

现在，季怀谷已经没有了听众，只有那条鼓突的被子展现在他的眼前。这样不行，他必须让小米真真切切地听到他的话，小米之所以要躲避，是因为这些话击中了要害。他要继续说，而且小米还得继续听。于是，他来到床前，要掀小米的被子，无奈小米用手死死地攥着被角，坚决不让她的头露出来。他情急之下，也上了床，骑坐在被子上，趴在小米的头边说。他也用手攥着被子，他是攥着被子的外角，小米是攥着被子的里角。他把脸紧贴在被子上，向被子里的小米敲警钟。这时候，他的话像决堤的洪水，一泻千里。而且句句淋漓尽致，说得他自己都非常受感染。有关女人演戏的一切动机，一切隐秘的心理，都在他的一泻千里当中，暴露无遗。小米必须认识自己，不能再在迷雾当中了，“醒悟”，是人生在世的首要任务……

一直说到自己都疲倦了，季怀谷才发现他攥着的被角松松的，他轻易向上一掀，小米已经永远地闭上了她的眼睛……

小米憋死了。不过，怎么可能呢，也许是突发什么心肌梗塞之类的急病。他翻翻小米的身子，已经死死的了。

季怀谷看着小米已经死了的面容（他这是第一次看着死人），不知为什么，心里却一点都不恐慌。他还想对着小米说什么，只是这一次他很清醒，小米是永远也听不见了。他还有什么必要再说呢？他只是满眼麻木。

他对着小米的死容，麻木了很久很久。

后来，他就趴在小米的身边，一再小声地问着小米怎么办。问了几遍之后，季怀谷好像忽然有了灵感，他不能让任何人看见小米的肉体，议论有关小米的一切，他要让小米安安静静地在另一个世界里"觉醒"。他想起纪红给他说的人死后的世界。纪红说得对，人死了，不过是换了一种方式生，为的还是灵魂的觉醒，灵魂的成长。小米会在另一个世界里听明白他的话的。

他要让小米的肉体秘密地消失掉。

季怀谷把小米的尸体搬到卫生间，然后从厨房里拿出一把切肉的刀，一鼓作气地将小米的身体大卸八块。完了之后，他到了厨房，将小米所有的锅都拿到了卫生间，他开始了一点一点地割肉的工作，他把已经变成了八大块的小米的肉仔细地从骨头上剥了下来，放到了锅里，拿到厨房煮了起来。然后，又把骨头剁了剁，放到了锅里，拿到厨房的另一只煤气灶上点上了火。当厨房的锅里都在滋滋地冒气时，季怀谷在卫生间用水仔细地冲刷了一遍卫生间。直到这卫生间他已确认足够清洁，他才放心地关上了门。这时候，他来到厨房，把煮肉的锅闭上了火，把那一锅煮得稀烂的肉端到厕所，用水冲掉。刷好了锅，放回原位。这时候，他感到有些累了。这一晚上，季怀谷干的事儿确实太多了。他去了小米的床上，躺下，不知不觉迷糊了过去。当他醒来时，厨房里的锅还在滋滋地热闹着，他赶到厨房，发现骨头也煮烂了。于是，季怀谷又把骨头端到了厕所，用水冲掉。干完这一切，他看了看表，已是凌晨四点了。

季怀谷拿起自己的包，锁好了房门，永远地离开了小米的住处。

他来到了一个售票处，等了两个小时，买上了回家的飞机票。

季怀谷回家后，和尉萌萌稍作亲热，便说，我累坏了。然后，倒在床上便睡，一直睡了一天一夜。当他醒来时，尉萌萌还像以往一样和他拉些家常话，他也没听见。只顾吃着尉萌萌已为他准备好的饭。

吃完饭，季怀谷吻了吻尉萌萌，说，我得赶到公司，那里许多事等着我做呢。来到公司，手下见他便说他这次出差真成功，要回那么多钱。他笑笑，谦虚地说，功劳不在他，主要是那边的买卖做得好，人也都变得顺了，所以，钱好要。他的谦虚，自然引起了手下更多的恭维话。手下还说，跟着他这样的老板干，有劲。他心想，这次要钱，确实没费他什么劲；不过，既然手下这样恭维他，他心里也挺滋润的。他对手下报以感激的笑，然后便埋首案头的工作。

外面的阳光透过窗户灿烂地跳跃在他的写字台上，他沐浴着阳光，脸上浮现着自然的平和与欣悦。

在这一时刻，季怀谷没有想到小米。

好像是周围环境的关系，季怀谷看到的任何一个人或物件都使他想不到小米。因为在这个环境里，没有人知道小米，更没有人认识小米。而

季怀谷的潜意识本来就是要忘掉小米,彻底地忘掉。有幸的是,环境在帮他的忙。他眼前的一切,都在给他提示着很现实的生活,却没有哪一处在给他提示着小米。

快下班的时候,季怀谷给尉萌萌打了一个电话。季怀谷在电话里说,今天晚上带一个朋友回家吃饭。

尉萌萌在电话那头特意问,怎么,在家里吃吗?

因为季怀谷从来不带朋友在家里吃饭，有朋友来,都是到饭店。

季怀谷说,在家里。在家里亲热。

尉萌萌犹豫了一阵,说,好吧。我会准备的。

放下电话,季怀谷想,以后要多多在家里招待客人,这样才亲切,才像个家的样子。而萌萌也才更像一个家庭主妇。

从此以后，尉萌萌的确觉着自己更像一个家庭主妇了。因为季怀谷常常把朋友领到家里。季怀谷也好像更恋家了。

在日复一日的恋家中,季怀谷真的把小米给忘了。正像我们每一个人常常会忘掉自己做过的梦。

渐渐,小米,作为一个名字,也从季怀谷的记忆中消失了。

10

伴妻如伴虎

季怀谷在恋家中，才发现了尉萌萌的许多特点。

尉萌萌对他很尊重，很少和他谈类似男女之间的私情的话题，或一些不着边际的言论。也从不盯视着他的行动。无论他多晚回来，尉萌萌都不过多地问你去了哪里以及和什么人在一起之类的问题。这是许多女人做不到的。当季怀谷把眼光放到了家里时，他真的看出了自己的妻子的诸多优点来。

有一次，季怀谷有意要和尉萌萌闲聊。

季怀谷：我和你结婚，已经三十好几了，你对我的以往好不好奇？

尉萌萌：不好奇。你的以往和我没有什么关系。

季怀谷：从不想知道我以往交往了哪些女人，我的前妻和我是怎样分手的？

尉萌萌：不想知道。

季怀谷就笑了：你不怕我是个坏人吗？

尉萌萌：我只要看见了你这个真人，我就知道你是怎样的。用不着问那些。一个人就算做了坏事，也不一定说明这个人就是个坏人。

季怀谷：我妻有见识。

尉萌萌：一个人的一切都在脸上，你所做的所有事都写在你的脸上，我要是聪明，我就认真读你这张脸就行。问什么呢。

季怀谷:我常听人说,美女智商都有点问题。但我知道,我妻是个例外。我很幸运的,我感谢上苍。

尉萌萌:莫非你对我的以前好奇?

季怀谷:现在一点也不好奇了。以前好像有那么点意思。

尉萌萌:为什么现在不了?

季怀谷:向你学的。我只需看着你,我就什么都明白了。没必要问。其实,爱问的人是愚蠢的。

尉萌萌:不过,你想知道什么我都会告诉你。

季怀谷:你越这样说,我越不想知道了。

尉萌萌:为什么呢?

季怀谷:因为我信任你。这么聪明的妻子是不会做出什么别的事来的。

尉萌萌:那可不一定。

季怀谷:就算做了什么,我也觉着无所谓。我照样爱你。

尉萌萌:我历来把夫妻之间的关系看成是信任第一。其次是别的。

季怀谷:我也是这样。

尉萌萌:倘若没有信任,婚姻就没有维持的必要。

季怀谷:一个人真能信任另一个人,真不是一件容易的事情,真的需要高层次和高境界,这一般人不懂。

尉萌萌:一个人要想懂,就得经历很多。所以,我从来不对离过婚的男人有什么不好的心理。相反,我认为一个男人离了婚，是懂的开始。我不喜欢毛头小伙，也是这个意思。当然，我也一向不喜欢年龄太大的，你还好，不算太大。

季怀谷：其实差着不到十岁嘛。

尉萌萌：刚好是个界限，再大一些，就是我不能接受的了。

季怀谷：刚刚在你能接受的极限上，很危险呢。

尉萌萌：这就合该是缘分了。

这样的闲聊，确实使季怀谷和尉萌萌之间更加深了了解。季怀谷觉着尉萌萌除了美之外，还有一种神秘的魅力——她处理夫妻关系很懂分寸。这是季怀谷很看重的。一个女人懂得这方面的分寸是很不容易的。因为在季怀谷看来，女人都是情绪化的，像他的第一任妻子钟美芬，在夫妻关系上，从来没有理性。当然，那个时候，他也没有理性。正是尉萌萌所说的毛头小伙一个。

季怀谷有时候暗暗为自己庆幸，亏得离了钟美芬，才碰上了尉萌萌。如果没离婚，现在还守着钟美芬那样一个女人，才没活头呢。

季怀谷惟一没有想的是小米。其实，钟美芬之后，小米是他的第二个实实在在的女人。可是，他从意识上，已经把这个女人给抹掉了。仿佛除了钟美芬，他就只有尉萌萌。小米和他虽然没有夫妻名分，可确实可说是事实夫妻。他们在一起生活了那么长时间，比钟美芬和他在一起的时间长得多了，可他却从来想不到小米。

尤其是，小米是真正给他带来男女性生活之乐的人。小米将他领上了性之高峰体验，使他懂得了男女之欢的真正含义。而他却从来想不到小米。他的那一段癫狂生活好像从来不存在一样。

说也奇怪，小米死了以后，季怀谷再也没有动过婚外恋念头。他对除

了妻子之外的所有女人都不感兴趣。这一点是他自己都不深思的。无论哪个女人想诱惑他,他都仿佛没感知似的。

也许这正是小米的功劳。小米将他变成了一个爱家的男人。倘是小米地下有知,她会气得从坟墓里跳起来。

而尉萌萌坐享小米的牺牲给她带来的甜美果实——丈夫越来越体贴她,越来越爱她了。她现在不仅是别墅的主人,更重要的是她是一个真正被爱的妻子。尉萌萌自己都发现了自己正处在丈夫深深的爱恋中。

尉萌萌为此常常激励季怀谷:

尉萌萌:在我眼里,你不仅是一个成功的男人,更重要的是你懂得生活,懂得女人,这是你最吸引女人的地方。

季怀谷:我常听说,女人在现代社会最爱钱,其次才考虑男人的别的方面。照你这说法,事情不是这样的。

尉萌萌:当然不是这样的。

季怀谷:那么,对于一个没有钱的女人,你也能说她首先在乎的不是钱吗?不是钱又是什么呢?

尉萌萌就笑了:当然,人和人是不一样的,不同的处境有不同的想法。可对于我,我知道男人懂得爱妻子比一切都重要。

季怀谷:因为你从来不缺钱。

尉萌萌:所以,我见你的时候,首先想的不是钱。

季怀谷:这我看出来了。

尉萌萌:对于一个想你钱袋的女人,你怎么看?

季怀谷:反正我不会娶她。

尉萌萌:会和她做情人吗?

季怀谷:不会。

停了停,季怀谷又添了一句:永远不。

尉萌萌:"永远"很长呢。

季怀谷:我永远不会找情人。

尉萌萌:这话说早了。

季怀谷:不早。

尉萌萌:以后的事儿谁知道呢。

季怀谷:别的事儿我不知道,但这事我知道。

尉萌萌就不说话了。

尉萌萌想起了严冬。

可以这样说,严冬的突然失踪,是尉萌萌心中永远的谜,也是永远的痛。尉萌萌又没法直接问季怀谷。在和季怀谷的坦心交流中,尉萌萌几次涌出一种冲动,想说出严冬这个人。但尉萌萌还是咽回去了。怎么给季怀谷说呢,她总不能自己承认严冬曾经在这座别墅里和自己有过云雨私情吧?而且,就算是承认,季怀谷能告诉她真情吗?那天晚上,严冬藏在大树后头,到底是怎么失踪的,季怀谷绝不会说真相的。尉萌萌深知,夫妻之间是有分寸的,失了一定的分寸,这夫妻就做不下去了。

可是,尉萌萌又确实想知道严冬的下落。就算两个人永远不再交往,她也想知道严冬的下落。有时,尉萌萌一个人在这别墅里,回忆和严冬曾有过的一切,就仿佛做了一梦。那曾经有过的一切是真的存在呢还是自己的一个梦?连她自己都产生了恍惚。严冬为什么也不和她联系呢?

尉萌萌向所有的同学都打听过,以各种方式想知道严冬是死是活。

可同学们给她的回答都令她更加迷糊。同学们虽然说法不同,可意思一致:严冬是个没准头的家伙,谁知道他又跑到哪儿了。反正他已不在这座城市里。

尉萌萌有一次差一点就和季怀谷说出了自己心中的疑虑。

尉萌萌:其实,我以前也有一个交往不错的男同学,你不介意吧?

季怀谷:不会介意。你就是不说,我也知道你会有相好的男同学。

尉萌萌:想听听他的事吗?

尉萌萌是想借此说出心中的谜。

季怀谷却说:我不想听。都过去了。现在是我们俩在一起,这对于我,就已足够了。知道那么多干什么?

尉萌萌:可是,如果他再出现呢?

季怀谷:如果他再出现,那只能证明我对你不好了。只要我是真心对你的,他就不会出现。我坚信。

尉萌萌:可是……

季怀谷:你别用“可是”了,所有过去的都过去了。

尉萌萌:莫非你知道什么了?

季怀谷:我什么都不知道,也不想知道。

尉萌萌听了这话,就更想引起季怀谷的好奇,于是,她自暴秘密:我的这个男同学爱过我呢。

季怀谷:我相信爱你的男人很多。

尉萌萌:我这个同学和别人不同。

季怀谷:男人都是一样的。你再把他说得有多么不同,也还是一样的。你想想,难道不是这样吗?

尉萌萌:可在我的感觉里,他和别人不一样。

季怀谷:保留这种感觉是挺美好的。

尉萌萌:你真的不想知道有关我和这位同学曾有的一切?

季怀谷:这还能说假?我若想知道,一定会巴不得你告诉我。可是,我不想知道,一点也不想。

尉萌萌:有一天晚上……

季怀谷:哪一天晚上?

尉萌萌:你从南方回来的那一个晚上……

季怀谷:我去南方的次数太多了,你指的是哪一次?

尉萌萌:你既然不感兴趣,我就不说了。

季怀谷:你若是实在有什么话在心里憋得慌,你就说出来。反正,我永远是你最真实的也是最忠实的听者。

尉萌萌心里就想,还能说什么呢,在这种情况下,无论她说得是什么,都不会套出季怀谷的心里话。季怀谷坚持要做一个局外人,他硬是不参与,你能有什么办法。就算尉萌萌说出了那个夜晚,她也不会得到真相。

尉萌萌不说了。

可是,尉萌萌心里有疙瘩并未解开。时间越长,这个疙瘩越像个死结。

究竟严冬藏在大树下的那个晚上发生了什么,季怀谷从来也不去想。季怀谷就有这个本事,凡他想忘掉的事儿,他都能忘掉。他想记住的事儿,也总是一样也漏不了。

现在，我们将时间退回到那一晚。严冬藏在大树后的那一晚，可以说发生了人命关天的事情。可是，谁都不知道这事的细枝末节。在尉萌萌印象中，季怀谷从来没有发现她和严冬的偷情（姑且称之为偷情）。的确，季怀谷从来也没有抓住他们在一起的把柄。他也从来没有流露出他发现了尉萌萌这方面的什么，甚至连怀疑都没有过。只有那一晚，严冬躲在大树后的那一晚——严冬要不是对着院子里的花多说了两句，耽误了点时间，他也早走出了这个大门，也不至于让季怀谷回来撞上。

是的，季怀谷回来的时候，严冬已经在大树后边藏好了。应该说，季怀谷并没有看见他。可是，季怀谷却在大院子里试猎枪。他正是对着那棵大树后边试自己的猎枪的。而且那子弹正好射到了严冬的心脏部位。

试完猎枪，季怀谷就回了房里。和尉萌萌一起做起夫妻之间的事情。

一名心腹家丁将严冬的尸体包裹好，并连夜用车运到了城外，并扔在一条河里。一切都在悄悄中进行的。季怀谷的别墅恰在山后，隐蔽得很。这真应了季怀谷买别墅时曾说的，山后，隐蔽些。对居住来说，隐蔽总是好一些。

季怀谷再也没问过有关那晚上的那一猎枪打中了什么。尽管是心腹家丁，季怀谷也从来不问。季怀谷只是试试枪，结果证明枪是好的，这便可以了。他对尉萌萌也是这样回答的，的确，他只是试试枪么。难道自家的院子里，除了自家人，还有别的不成？他还能打中什么，他只是打中那坚硬的院墙壁而已。

而对于尉萌萌，这却成了一个永远的谜。

季怀谷的坦然，也使尉萌萌更不可能洞穿事情的真相。在尉萌萌的心里，季怀谷只是试了一下枪，就回了屋子。那一晚上，季怀谷再也没有出去过。这尉萌萌比谁都清楚。而且，季怀谷睡得还很香。而尉萌萌却是装睡了一晚上，还不敢翻身。她老是惦着大树后面，惦记了一晚上。二天一早，巴望着季怀谷赶快去公司。可季怀谷去了公司，她立马来到大树底下，结果什么也没有。

严冬入了地缝了吗？

而且再也没有了消息。这让尉萌萌怎么想，尉萌萌思来想去，无非是两个结论：严冬也有可能是跑了出去，虽然院墙结实，但是并不高，严冬完全有能力爬墙出去。这是其一。其二，严冬被猎枪伤了（但不可能是死了，季怀谷只是那么没有目标地试了一枪，哪能那么巧就打在了严冬的要害处？况且，季怀谷一晚上都在家里，哪里也没有去。这就证明季怀谷不是有目标的），他带着伤爬出去后，再也不愿和尉萌萌联系了。他是彻底地伤了心了。严冬能做出这样的事来。

尉萌萌还曾就着季怀谷放的这一枪，跟季怀谷理论过。

尉萌萌：你就不怕在暗处有人或什么小动物，哪能在院里放枪？虽然是猎枪，也不能这样的。

季怀谷：自己的家，哪有这么多顾虑。咱家也没养小动物。若是你养了猫或狗，我肯定不会这样的。我首先得问问你，猫跑哪儿去了，狗跑哪儿去了。你放心，我不会那么鲁莽的，我做事有数。

尉萌萌:万一有什么小偷在咱家,你就不怕伤着了人?

季怀谷:哪有小偷。你又多想了,有小偷他也不会藏在院子里。哪有这样的傻瓜小偷,小偷都精着呢。

尉萌萌:反正院子里不能放枪。

季怀谷:其实,你这个意见也对,好了,以后我不放了。

尉萌萌:再说,你在南方买那么一杆枪干吗?

季怀谷:我从小就爱玩枪,觉着玩枪挺能逗出激情的。我一到南方,从市场上一看到这把枪,就喜欢上了。就买了。

尉萌萌:我不喜欢枪。

季怀谷:没事,你不喜欢我不玩了就是了。

夫妻两个就着那杆枪议论了半夜。

他们说来说去,总是无法跳出那杆枪。明明他们都知道他们心里是想说这把枪以外的事情,可始终说不出口。尤其是尉萌萌,枪就像粘在了她的心上。而季怀谷明知粘在她心上的并不是这把枪,可他也不去点破。

从此,枪作为一个情结,粘在尉萌萌的心里。而在季怀谷这里,枪,好像已被他淡忘了。打从尉萌萌说她不喜欢枪以后,他就再也没动过那杆枪。

枪,就挂在季怀谷的书房里,可他却再也不看一眼。

季怀谷就有这样的本事。肚里能盛事。

随着时间的流逝,尉萌萌只有这样安慰自己:严冬又到了那个小寨子里,又找到了他的高山族姑娘。严冬骨子里是一个浪漫的人,他无法安分。浪迹天涯就是他的职业。这样想着,尉萌萌心里便宽慰多了。

有时候,尉萌萌跟同学打听严冬,常有这样的说词——

尉萌萌:严冬定不准在那个小寨子里有了自己的孩子呢。

同学:严冬能办出那样的事来。

尉萌萌:严冬是真正的理想主义者。

同学:你还在想着他啊,可别身在福中不知福了。

尉萌萌:我不是想着他。再说,我现在很幸福。我只是想起这个人,我有很多感慨。我若是还像年轻时那样,我连给你提都不会提的。一个人,当他真的从另一个人的影子里解放出来时,才会坦然提到这个人。

同学:你说得对。我也觉着你是真走出来了。只是,你还是比我们更关心严冬。心里话,我们很少想到他了。他本来也是另类。

尉萌萌便不说话了。其实,她并不是关心严冬。可她的隐情,又能对谁说呢,她心中的谜,又如何能开口。

日复一日,尉萌萌的心便不再"关心"严冬了。

日复一日,尉萌萌便把严冬放下了。

尉萌萌只是在心里祈祷严冬幸福。

时间将一些谜尘封了起来。

尉萌萌只能在自己的生活里做着应该而且必须做的一切。

这天,季怀谷给尉萌萌打来一个电话,说他晚上要在西郊的一个企业搞一个联谊活动,这是他们公司第一次与这家企业联谊,要尉萌萌去参加。尉萌萌觉着这是个好事,自然就答应了。季怀谷嘱咐她,要穿得"花枝招展"一些,这种场合,别穿得太"肃静"了。

放下电话，尉萌萌的脑子里就在不自觉地闪着自己的“穿戴”问题。是这一件好还是那一件好，脑子无意识地开始了比较。每一条裙子都非常形象地在她的脑海展览，经过一番精心的筛选，她终于筛选出了自认为比较出挑的几件。到了晚上，她在穿衣镜前比量了又比量，最后选出了自认还比较“花枝招展”的一件穿在了身上。

她出门的时候，刚好是七点半。因为她家住在东郊，到西郊，搭车起码得半个多小时。她在门口搭了一个出租。

尉萌萌一上出租车，车主就不停地和她说话。

这时的尉萌萌怎么也不会想到另一个陌生的男人的命运会和她的这一次出行紧密相连，不仅是尉萌萌。就是让局外人的我们敞开思路，尽情地想像，我们也不会想到命运在这一天晚上对尉萌萌所做的奇特安排。

命运中和尉萌萌有瓜葛的男人叫赵一东。

赵一东也有一个女朋友。其女朋友长得文静秀气，招人喜爱。在马路上的回头率应该说挺令一般女孩羡慕的。当然啦，赵一东的女朋友和尉萌萌南辕北辙，谁也不认识谁。赵一东和女朋友也是经人介绍认识的。两个人一见之下，都比较满意。可是，不知为什么，交往了一段时间后，女朋友对赵一东开始冷淡了起来。而赵一东，在女朋友冷淡的时候，对女朋友的感情却是升到了极点。这样，就形成了一种局面，女朋友越是冷，赵一东越是热。熟悉赵一东的人都知道，赵一东天天下班后，到女朋友的单位去找女朋友，向女朋友表白自己的心。本来对他已经冷淡的女朋友，面对他的这一派火热，对他反而更反感了。我们知道，有这么两种类型的女人在爱情中比较多见：一种是男人越追求她越不动心，男人越冰冷，她越痴情；另有一种是男人越要她，她越上钩，越觉着有意思，男人越实诚，她越觉着乏味，没劲。而赵一东的女朋友兼具这两类女人的特征。为什么说她兼具这两类女人的特点呢，因为在她和赵一东的关系当中，由满意到冷淡，她自己也曾做过自我解剖。赵一东对她越是好，她越是反感。她承认，自她和赵一东交往以来，赵一东一向对她都是很好的，而且越来越痴情。而她却恰恰相反。赵一东对她的周到、体贴，都成了她反感他的理由。她是通过和赵一东的关系来认识自己的。那么，她喜欢什么样的男人呢？当她这样问自己的时候，她脑子里就浮现出了这么一种类型的男人：冰冷，强悍，永远不会对女人甜言蜜语，而且也不会对女人总是一派真诚。总之，他不会被女人所俘虏。在感情上，他永远都是不可战胜的。在这样的男人面前，她既能对他痴情，又能接受他的耍弄。当她把自己解剖到这一步时，她对赵一东的冷淡就可想而知了。

赵一东自然不知道更不理解她的这些。女人动情的一些奇特要素，男人永远是不得要领的。所以，赵一东的追求就显得非常盲目。面对着女朋友日甚一日的冷淡，甚至讨厌，赵一东的痛苦简直难以形容。赵一东无数次地检点自己，觉着自己对女朋友哪一方面做得都很到位，无可挑剔。女朋友这样待他，他简直不能接受。越是不能接受，他向女朋友那儿跑得就越勤，表白得就越厉害。他身边的一位朋友曾劝过他，女人，算什么呢，不值得他这样。而且，明确地警告他：你越这样，她越无动于衷。女人就是这样。赵一东哪里听得进去。别人这一类的话，他都视为是对他和女朋友的不理解。他身边的人也只好眼睁睁地看着他在那里白费劲白糟踏自己。

在赵一东的痴情表白下，女朋友终于告诉他：她不仅不能和他好起来，而且永远也不想再见到他。这样一来，赵一东就更受不了了。谁都没有想到，连赵一东自己都没有想到，他自己的心居然是那么的疯狂。也可能，这么长时间的苦心追求，他已经积累了大量的感情能量，使他自己难以承受。他不仅向女朋友那儿跑，而且还哭，抑制不住的哭。我们知道，他的眼泪，只能令女朋友更加鄙夷。再说，女人一般都不喜欢男人的眼泪。见识了他的眼泪以后，女朋友不仅不理他，而且开始躲他。就在这躲的过程中，女朋友又认识了另一个男人，一个和赵一东有别的男人。虽然女朋友并没有和这个男人确定什么关系，但是，赵一东一口咬定女朋友是因为有了新欢才抛下他的。赵一东终于找到了一个理由。而且，这个理由对他是那么合适。他终于可以恨女人了，因为女人抛弃了他。

恨，作为一种感情，有时来得比爱更强烈。更能让人疯狂。

归根结底，赵一东是要疯狂。

赵一东天天在自己的心里骂女人，他现在也只能这样了。因为女朋友为了躲他，已经调了工作，他也不知道女朋友去了哪里上班。他给女朋友打电话，女朋友也不接。当然，女朋友对他这样，也是有原因的，他曾经在路上堵女朋友，搞得女朋友很狼狈。他却始终觉着，女朋友是由于对不起他，对他心里有愧，所以才躲他。要不，为什么躲他呢，她自己心里光明正大，有什么要躲他的呢？

他总是这样瞪着眼，问那些劝说他的男人。到底为什么？

如果有人告诉他，感情的事儿，就是这样，说散就散，说没有就没有。不用问为什么。赵一东就说，这是和稀泥，这是对感情的不负责任，凡事都是有原因的。不存在没有原因的事儿。如果有人说，硬要找原因，那原因只能是她不爱你。赵一东就说，为什么开始爱，后来不爱？中间出现了什么变故？倘有人说，开始也未必是爱，不过是一种好感，一种想交往的好感。赵一东马上就说，在交往中，我做得比谁都好，她找不到任何一点我做得不好的地方。有人说，也可能这正是她不爱你的原因。赵一东就气愤地瞪着眼，这还是没有说出原因。因此，他的为什么又从这儿开始源源不断。他的气愤也越来越剧烈。

于是，赵一东就空前地体会着女人的坏。

在这种体会中，赵一东仿佛被全世界的女人都抛弃了。

以他自己为一方，以全世界的女人为另一方，他开始了一种仇恨的积累。

也许，对赵一东而言，现在并不是“开始”，开始是在很久以前就存在了。只是他不自知。因为像赵一东这样的恋爱遭遇，一般男人都经历过，开始和某女孩交往很顺利，后来女孩反目了。可是，大多数男人面对这样的情况，都能比较理智地处理。很快就能把这事了结。然而，在赵一东这里，情况却变得复杂了起来。他越来越不能自持，越来越愤怒，而且也越来越和恨这种感情融为一体。从表面上看，这似乎有些不可思议，但是，有一个细节，会给我们提供一个思路。

赵一东很早就和家里不联系了，逢年过节，也从不回家。赵一东没有父亲（父亲很早就病故），所以，他和家里不联系，也就是和母亲不联系，因为家里只有母亲。他兄弟三人，他是老二。家里没有女孩，惟一的一个女人就是母亲。而母亲又仿佛对他最忽视。说起来非常可以理解。一般的母亲都重视长子，而又疼爱老小。赵一东被夹在中间，既不处于被重视的位置，又不处在被心疼的位置。处在老大和老小中间，这个位置本身就是被忽视的。除非老二恰巧身体不好体弱多病，会得到母亲格外的疼爱。而赵一东从小就健康得很，长到二十多岁了，还不知道吃药是什么滋味。可想而知，母亲无意中会给赵一东造成多少情感的痛苦。终于，有一天，赵一东因一点小事和弟弟争吵，母亲从争吵一开始就偏向弟弟，这无形中更增加了赵一东吵架的欲望。所以，赵一东越吵越来劲，越吵精神头越大。直吵得母亲不得不给了他一巴掌。按说，赵一东这时已参加了工作，母亲对已经成年的孩子不能再动手动脚了。可是，当时在那个气头上，母亲也是气不过，习惯性地（因为小时候母亲经常以巴掌来教训赵一东）给了他一巴掌。就这一巴掌使赵一东发誓永远不回家了。

表面上看，赵一东就为这一巴掌，永远也不再见母亲了。其实，这里所包含的更深的内涵，就不是一语能够道破的。

从这里，我们再看看赵一东对女朋友的态度，对女人的恨，就不感到奇怪了。

一切事情都是有渊源的。

现在，我们来看在尉萌萌去参加联谊会的这个晚上，赵一东都干了什么。

他先是去找女朋友纠缠（他是好不容易经过侦探打听才找到了多日不见的女朋友）。然而，女朋友新交的男友在这里，纠缠的结果是被女朋友新交的男友给赶了出来。两个人就要动手的时候，被女朋友单位的领导拉开了。并对他进行了一番说服工作，将他送到了大门外。然后，他便去了一家酒店，他一个人一直喝到天黑，把自己喝得满腹仇恨。他走出了酒店。来到了马路上。这是西郊的马路，行人寥寥。偶尔有个骑自行车的从他眼前一晃而过。他看着别人的自行车，眼神茫然，不知道自己在想什么。

只有当尉萌萌走过来时，他一下子有了感觉。

尉萌萌为什么会一个人走过来呢？说来也是合该如此。尉萌萌在车上，那个出租车司机总是不断地看她，和她说话，扯东道西的，搞得尉萌萌很不耐烦。最后，尉萌萌实在受不了了，就叫了停。她宁愿自己走一会儿，也不愿再坐在这里受这个无聊司机的骚扰了。

现在，尉萌萌就走在了马路上。

尉萌萌也愿意一个人走走，整天在别墅里，也怪没趣的。她很久没一个人走在马路上了，所以，她边走边看着两边的景色，心里还是愉快的。然而，也就在这个时候，赵一东的眼睛捕捉到了她。而且从她的神情中一下子找到了感觉。赵一东带着一身的酒气冲到了尉萌萌的面前，把她从马路上拉到了一棵大树后。在这一刻，赵一东把尉萌萌当做了自己的女朋友，或者说，他是把尉萌萌当做了自己女朋友的替身。他一边骂着，一边打着尉萌萌。他的恨好像终于找到了一个宣泄点。尉萌萌的挣扎与喊叫，自然都没有任何效果，因为马路上根本就没有人。也许远处有人，但没有人注意到这大树后的一幕。后来，赵一东的双眼就越来越被尉萌萌的双眼所吸引，因为这时候尉萌萌瞪着一双大眼睛牢牢地盯着他，尽管她的身子不能动弹了（赵一东已经完全征服了她），可是她的眼睛却还在灵活地表演着她内心的情感。赵一东看着这双勾人的眼，他一下子倒在了尉萌萌的怀里。尉萌萌看着这个男人瞪大着眼睛，但这男人却没有气息了。

赵一东正盯着尉萌萌美丽的大眼睛时，突发心肌梗塞，死了。

事情有时就是这么不可思议。赵一东原本和尉萌萌一点关系都没有。可是，他却死在了尉萌萌的怀里。尉萌萌作为一个美女，这一类有情感问题的男人的故事总是能在她身上找到一种发泄渠道。这使一些熟悉尉萌萌的人大惑不解之余，有了一些茶余饭后的谈资。人们认为，赵一东确实相当长的一段时间里不正常，可是，为什么一到尉萌萌的怀里，就盯着尉萌萌的眼睛发心肌梗塞，这难道不值得深思吗？

于是，就有女人对自家的男人说，可别沾美女的身，尤其是尉萌萌，因为她而死的男人已经有几个了（人们并不知道严冬也是其中之一）。尉萌萌第一个男朋友，尉萌萌在南方还有一个男人为他犯病（指羊痫风的那一位），拐尉萌萌的毒犯，还有这个赵一东。你就是再清白，这些现象不是更能说明问题么？

还有人说，尉萌萌是带刺的玫瑰。不好招惹的。

也有人从科学的角度谈论这件事：赵一东本来从小心理就有问题，大了后，这心理问题由于受到了失恋的刺激更加严重。在心理失衡的情况下，遇到一个美女的目光，发生意外也是正常的。他本来就心力交瘁嘛。

尉萌萌自己却觉得非常奇怪，她和这个赵一东本不认识，他却朝着自己发狂，最主要的，还死在了自己的身上。自己身上难道有什么怪异的东西，专门治这种发狂的男人，使这些男人不得善终？

这时候，尉萌萌就又想到了犯羊癫疯的男人。这个男人也是在扑倒她的时候突然犯了病。也许这个男人以前什么病也没有，只是由于扑倒了她，才有了病，这也是极有可能的。因为那天是除夕，大街上没有人，她也不知道那男人最后怎么样了。她只顾奋力奔命，并不晓得那男人最后的结局。

难道自己真的对男人带有某种“克”？

尉萌萌又想起了几年前人们说的“美貌杀人”。

季怀谷对尉萌萌产生了一种敬畏。季怀谷觉得尉萌萌的美绝不是那种淫荡的美，她的美有一种力量，不可侵犯的力量。无论是哪个男人，想轻易亵渎这美，这美就能发挥作用，给这些男人以致命的还击。

季怀谷和尉萌萌对此有这样一段对话。

季怀谷：你的圣洁不容侵犯，我历来有这样的感觉。现在看来，这感觉是准确的。你不要听那些风言风语，什么美貌杀人之类。你不想想，美貌为什么杀人，而又杀的都是什么人，都是那些图谋不轨的人，你怎么没杀一个正派人呢。至于你的第一个男朋友，那是意外。和你并没有什么关系的。

尉萌萌:以前我真的是不信这些谣言的。可是,现在我感觉有些怪,为什么我身上这么容易出这样的事呢。我也见过许多长得漂亮的女人,为什么没有出现这样的事呢?再说,我也不觉着我有多美。

季怀谷:人和人是不一样的。说真的,我第一眼见你,就觉着你的美与众不同,你不是那种挑逗的美,你的美里有一种使人敬畏的东西。有的女人的美,没有分量,只给人愉悦,你是不同的。

尉萌萌:你若是这样理解,我就很高兴了。我就怕你有什么误解,你若有负担,我就完了。

季怀谷:怎么会呢。你想到哪里了。

季怀谷嘴里这样说着,心里却思忖着,以后,决不能做那些不恰当的事儿,尉萌萌肯定不是一般的女人。她肯定是有某种力量的。以前,曾有朋友给他开玩笑说,他娶了一朵带刺的玫瑰,他只当玩笑。现在看来,尉萌萌岂止是带刺,比带刺不知要严重多少倍。如果硬要以带刺作比,那带的一定是毒刺。

于是,尉萌萌那令人惊心的美貌,那深潭般的双目,在季怀谷眼里就有了某种神圣不可侵犯的意蕴。季怀谷悄悄地对自己说,这以后,我就更放心了。没有男人敢对尉萌萌放肆。虽说娶了个美女却不必为之操心。

尉萌萌自己有时候倒爱无事生非。有一次,她问季怀谷:要是我真的克男人,你不怕吗?我都怕。

季怀谷:我不怕。有什么可怕呢,如果你克我,我早被你克死了，哪里还能等到今天，我越活越有奔头。这证明我们俩在一起最合适。

尉萌萌：谁知道以后呢，现在是没看出什么。

季怀谷：你放心吧。如果你是一个克男人的妻子，那我是一个克女人的丈夫，你说咱俩谁克谁？

尉萌萌：我希望你克女人，反正我命硬，不怕克。

季怀谷：我也是，命硬，也不怕克。

这夫妻俩从反面又印证了两个人的百年姻缘。

尉萌萌：我现在真的觉得你是我最合适的丈夫。在这个世界上，除了你，恐怕没有人再和我合适。

季怀谷：其实我一见你，就这么认为。你的认识还是晚了点。我对你一见钟情，不是因为美貌，而是因为我看到了一种本质的东西。

尉萌萌：一点都不是因为美貌？

季怀谷：当然我这是夸张的说法。美貌还是占有重要位置的。一个人永远不可能和自己的长相脱离。一个人的长相总是能昭示着这个人的一切。

季怀谷和尉萌萌从此以后，就经常谈讨人生的这些问题。有时候，听上去两个人都像社会学家。

可是，从此以后，季怀谷发现了一个奥秘。有时，他和尉萌萌闲聊时，突然能从尉萌萌的眼睛里看到小米。第一次看到小米，他惊讶得许久没说出话。以至于尉萌萌问他怎不说话，他才勉强找了句话说。小米生动地在尉萌萌的瞳孔里涌动着。季怀谷已经许久想不起小米了，他觉得世界已不存在这个人了。然而，当尉萌萌的怀中又死了一个男人时，季怀谷由于对妻子产生了敬畏，常常跟妻子闲聊天，以使这敬畏感减退一些。没想到，这敬畏反而使他看到了小米。在看到小米之后，他又看到了那天晚上试枪的场景。

季怀谷就想，是不是对妻子的敬畏，吓坏了他的胆。他内心一害怕，小米和严冬就都出来了。

季怀谷就更加体贴地和妻子说话，在说话中拉近和妻子的距离，使敬畏感消失。季怀谷告诉自己，尉萌萌是自己的妻子，不管她是一个怎样的人，不管她身上带没带刺，哪怕是毒刺，但她是属于他的，她是不会刺他的。小米是尉萌萌的情敌，小米不存在了，尉萌萌才能完全地拥有他。严冬是拉尉萌萌下水的人，是破坏尉萌萌生活的大敌，他不存在了，尉萌萌才能享受她的幸福生活。小米和严冬是尉萌萌生活中两个敌人，这两个敌人的消失，都是对尉萌萌的拯救。

季怀谷：萌萌，你珍惜现在的生活吗？

尉萌萌：当然。这是我人生最美好的时候，我现在才真正感觉到生活的幸福、快活。我当然非常珍惜。我希望这感觉能一直拥有。

季怀谷：如果有人破坏你的生活呢？

尉萌萌：不会的，不过，如果真有人破坏，我会为保护自己的家园而奋不顾身。因为我爱这个家。我不容许有人破坏，包括你。

季怀谷：我会和你一起保护它，哪里会破坏？

尉萌萌：绝不允许第三者来破坏。

季怀谷:这话说到我心坎里去了。我首先声明,我不会有第三者。

尉萌萌:我今天也声明,我也不会有第三者。

两个人都笑了。

季怀谷心里一下子踏实了。因为在尉萌萌的带笑的眼睛里,小米消失了。严冬消失了。第三者都消失了。

季怀谷通过小米和严冬的消失,印证了自己的看法:他的胆被尉萌萌吓坏了,所以,那些阴魂趁势出来了。他要借助妻子的力量,和妻子一起赶走这些阴魂。只要他和妻子是一体的,他对妻子的敬畏就不会吓着自己的胆,相反,还会使他更有力量。因为妻子就是他最坚固最有力量的大后方。

季怀谷每天都抽出一定的时间陪尉萌萌一起聊天,两个人越来越亲密。季怀谷没有再发现小米和严冬的影子。

不仅如此,季怀谷还真的感觉出了一种力量,这力量的源头就是尉萌萌。尉萌萌就好比是一头老虎,虽令季怀谷敬畏,但也使季怀谷因守着这只猛虎,而不再对外界有莫名的恐惧。尤其不再对小米和严冬的阴魂恐惧。就算忘不掉他们,他也不再恐惧。

当季怀谷第一次将妻子比喻成老虎时,这比喻就永久地粘在了他的心里。他在和尉萌萌说闲话时,就常常想起"伴妻如伴虎"这话。的确,伴着老虎生活,得时时提着小心。可是,季怀谷同时也觉得自己是与某种力量在一起。

季怀谷更重视家了,不仅是因为爱。